친구를 **기억하는** 방식

김중미 에세이

낮은산

차례

그 아이는
손이
몹시 차가웠다

어리바리하고 숫기가 없던 아이, 그게 나였다. 초등학교에 입학해서도 반 아이들뿐 아니라 담임선생님마저 낯설어서 힘들어했다. 기억에 없지만, 엄마는 내가 학기 초 내내 자꾸 책상 밑으로 기어들어가는 바람에 선생님 애를 먹였다고 한다.

"조회할 때는 반듯하게 의자에 앉아 있는데 1교시가 끝나면 애가 머리만 보이고, 2교시 끝날 때는 사라진다는 거야. 그래서 자리로 가 보면 책상 밑에 있대. 선생님이 왜 자꾸 그리로 들어가느냐고 물어 보니까 울면서 낯설다고 했대. 그때는 애가 학교를 끝까지 다닐 수나 있을까 걱정스러웠어."

학교를 그만두지 않았지만, 3학년까지 기억나는

친구가 없는 걸 보면 그때까지도 숫기 없고 낯을 심하게 가리는 아이였던 것 같다.

3학년 2학기 말에 한 아이와 주번이 되었다. 나만큼이나 작은 아이였는데 그전에도 같이 어울렸는지 기억나지 않는다. 청소 당번인 아이들이 먼저 가고 주번인 나와 그 아이가 청소 도구를 정리하고 대걸레를 빨러 수돗가로 갔다. 수돗물은 너무 차갑고 대걸레에서는 시커먼 구정물이 나왔다. 대걸레를 주물러 빨 자신이 없어 우물쭈물하는데 그 아이가 나를 제치더니 맨손으로 걸레를 빨았다. 너무 놀라서 그러지 말라고 했더니 자기는 집에서도 항상 빨래하기 때문에 괜찮다고 했다. 그 말에 왠지 창피해졌다. 대걸레를 교실에 가져다 놓고 운동장을 걸어 나오다 빨개진 그 아이 손을 잡았다. 몹시 차갑고 거칠었다.

왜 빨래를 엄마가 안 하고 네가 하느냐고 물었던 것 같다. 그 아이가 덤덤하게 자기 아버지가 감옥에 있다고, 버스 기사인 아버지가 교통사고를 냈다고 했다. 길을 건너던 사람이 잘못한 건데도 사람이 죽었기 때문에 감옥에 가야만 했다고. 그래서 일하는 엄마 대신 밥이랑 빨래랑 청소를 다 자기가 한다고. 그런 말에는 어떻게 대꾸해야 하는지 나는 알지 못했다. 우리는 고작 초등학교 3학년이었다. 어른이 해야 할 일을 그 아이가 혼자 다 한다는 것이 믿어지지 않았다.

나는 그 아이가 내게 아주 엄청난 비밀을 고백한 거라고 믿었다. 그래서 그 고백에 어울리는 비밀을 털어놓아야만 할 것 같았다. 그때까지 나의 가장 큰 비밀이었던 야뇨증은 차마 말 못 하고, 오른쪽 눈에서 눈물이 나오지 않는다고 털어놓았다. 그 아이가 슬플 때 울지 못하면 속상하겠다고 말했다. 울지 못하는 건 아니고 그냥 눈물만 안 나오는 거라고 대답했다. 그 아이가 말했다.

"그럼 우는 게 가짜처럼 보일 수 있겠다."

그 말이 오랫동안 잊히지 않았다. 그래서 그 뒤로는 내가 우는 모습을 다른 애들한테 들키지 않으려고 애썼다. 사람들이 내 울음이 가짜라고 할까 봐 신경이 쓰였다. 그건 다 커서도 마찬가지였다.

그날 집에 와서 엄마한테 친구가 생겼다고 말했다. 엄마가 그 아이를 집에 한번 데리고 오라고 했지만, 데리고 가지는 못했다. 그 아이가 겨울방학을 앞두고 전학을 갔기 때문이다. 큰집이 있는 연천 어딘가로 간다고 했다. 연천은 동두천보다 더 북쪽이었던 탓에 나는 친구가 더 춥고 외진 곳으로 이사 간다고 생각해 슬펐다. 그리고 아주 오랫동안 대걸레를 빨던 그 아이의 얼음장 같던 튼 손이 떠올라 코끝이 시렸다.

언제부터, 그리고 어떤 계기로 그런 생각을 하게 되었는지 모르지만 나는 친구라면 숨기고 싶은 비밀을 서로 나누고, 좋아하는 것을 같이 좋아하고, 슬플 때 같이 슬퍼해 주는 거라 여겼다. 나는 그 아이를 나의 첫 번째 친구로 오래오래 기억했다.

그 뒤로도 딱히 단짝이라고 할 친구 없이 지내다가 6학년 때 친구들이 생겼다. 그 친구들과는 중학생이 돼서 더 깊은 우정을 나누게 되었다. 함께 어울리던 무리 말고도 친한 아이가 있었는데 중학교 2학년 때 짝꿍 경욱이였다.

경욱이는 동두천 외곽에 있는 봉암리에 살았다. 집에서 학교까지 한 시간 반 정도가 걸린다고 했다. 평소에도 걸어서 오가기 쉬운 길이 아니었는데 눈비가 오면 등굣길이 더 험해졌다. 경욱이랑 아직 친해지기 전인 1학년 겨울에는 폭설을 뚫고 3교시인가 4교시에 눈사람이 되어 교실로 들어온 적이 있었다. 장마철에는 신천이 자주 범람해 등굣길이 더 험했다. 2학년 장마 때도 경욱이는 4교시가 끝날 무렵에야 비에 홀딱 젖은 채 교실로 들어왔다. 동광극장 뒤 다리는 물에 잠겨 더 북쪽까지 걸어가 물에 잠기지 않은 다리를 건너왔다고 했다. 비에 젖은 생쥐 꼴이 된 경욱이를 보고 선생님이 칭찬해 주었다.

경욱이는 아버지가 가지 말라고 했는데도 고집을 피우고 집을 나왔다고 했다. 경욱이는 학교에 오기 위해 날마다 새벽 6시에 집을 나섰다. 여름에는 등교 전에 김을 매거나 소 먹일 꼴을 벤다고 했다. 그런데도 교실에 가장 먼저 도착하는 아이였다. 경욱이가 공부에 열정이 있었던 것은 아니다. 2학년이 돼서야 겨우 알파벳을 다 외웠고, 숙제를 해 오는 날이 거의 없었다.

"집에 가서 빨래하고 저녁하고 밥 먹고 나면 밤이야. 숙제하려고 펴긴 펴는데 깨 보면 새벽 5시야."

그래도 학교가 좋다고 했다. 경욱이는 수업이 끝나자마자 집으로 가야 했기 때문에 방과 후에는 어울려 놀지 못했다. 그래서 주로 점심시간에 둘이 뒷산에 올라가 수다를 떨었다. 경욱이는 둘이 있을 때면 아버지, 어머니, 언니들, 동생들 이야기를 들려

주었다. 그럴 때마다 무슨 말을 해 줘야 할지 몰라 말없이 경욱이 손을 꼭 잡아 주었다. 그때마다 경욱이 손바닥의 굳은살에 뭉클했다. 그러나 그 마음을 드러내지는 않았다.

인천으로 전학 오기 전날도 경욱이와 뒷산에 올랐다. 우리는 항상 그랬듯이 이름 없는 무덤에 기대어 신천 너머 남산모루를 바라보았다. 남산모루 뒤로 해가 넘어가려는 듯 꼴깍거리고 있었다. 우리는 말없이 동두천 시내를 내려다보았다. 신천이 금빛으로 물들 무렵에야 내가 먼저 말했다.

"경욱아, 고등학교에 꼭 가."

경욱이가 한참 만에 입을 열었다.

"인천으로 이사 가도 나 잊어버리지 마."

"편지할게."

이상하게 경욱이만 혼자 두고 떠나는 나쁜 친구가 된 것 같았다. 소설 《나의 동두천》에서 주인공 정원이가 재민이와 학교 뒷산에서 이야기를 나누던 장면은 그때의 기억이 모티프가 되었다. 경욱이는 내가 보낸 편지에 답장하지 않았다. 경욱이가 편지를 안 할 거라는 걸 알고 있었던 것도 같다. 인천으로 와서 몇 번이나 학교를 그만두고 싶었다. 그때마다 눈비를 뚫고 기어코 학교에 오고야 말았던 경욱이를 떠올렸다. 댕돌같이 단단하고 달리기를 잘하던 경욱이는 어떤 어려움이 있어도 견뎌 낼 거라 믿었다. 그래서 나도 버텼다.

1988년 인천 만석동에 공부방을 열고 나서 두 짝꿍을 닮은 아이들을 만났다. 나는 그 아이들을 두 짝꿍을 다시 만난 것처럼 대했다. 내가 짝꿍을, 친구를 기억하는 방식이었다.

영태는
내 여동생을
좋아했다

초등학교 1학년 때부터 인천으로 전학 오기 전까지 8년을 동두천 한집에서 세를 살았다. 우리 옆방에는 동갑내기 영태가 살았다. 내가 3학년 때 영태가 이사를 왔으니 한집에서 6년을 같이 산 셈이다. 영태는 나처럼 동물을 좋아했고 우리들의 메리를 깊이 사랑했다. 영태네 식구였던 메리는 셰퍼드 믹스견이었는데 영태와 나를 가장 잘 따랐다.

동두천의 겨울은 몹시 추웠다. 방에 들여놓은 걸레가 밤새 꽁꽁 얼 정도였다. 윗목에 연탄난로가 있었는데도 코가 시려 이불을 뒤집어쓰고 자야 했다. 겨울이면 신천을 따라 스케이트장 여러 개가 문을 열었고 겨우내 얼음이 녹지 않았다.

영태와 나는 겨울방학 동안 정기 이용권을 끊어 스케이트를 타러 다녔다. 그렇게 매섭던 동두천 추위도 2월이 되면 슬슬 풀리고 스케이트장 주인은 모랫둑을 허물어 개울물이 다시 흐르게 했다. 우리는 그때를 놓치지 않고 개울에서 유빙을 타며 놀았다. 겨우내 얼었던 유빙은 제법 두꺼웠고 아이들 두세 명이 올라타도 가라앉지 않고 꽤 버텼다. 봄에는 개울이 깊지 않기 때문에 얼음이 깨져 물에 빠져도 무릎 정도까지만 젖었다.

나는 유빙을 타고 한강까지 갔다가 서해로 나가 태평양으로 나가는 상상을 했다. 영태는 한강은커녕 동두천을 빠져나가기도 전에 물에 빠질 거라고 했지만 나라고 그걸 모르는 것은 아니었다. 상상으로는 가지 못할 데가 없었다.

나는 유빙을 타고 피지제도, 통가 왕국까지 가고, 갈라파고스섬도 갔다. 온몸이 젖어 벌벌 떨며 집에 돌아와서는 엄마 잔소리를 한 귀로 흘리고 《아문센》,《난센》의 모험기를 읽으면서 탐험가의 꿈을 꾸었다. 나는 위인전은 잘 읽지 않았지만, 탐험가들의 이야기는 즐겨 읽었다. 또《톰 소여의 모험》이나《아라비안나이트》,《80일간의 세계 일주》를 읽으며 언젠가 떠날 진짜 탐험에 대비하기 위해 동네 밖으로 탐험을 나갔다.

영태는 책을 전혀 읽지 않았으므로 탐험 계획은 주로 내가 짰다. 금광을 찾는다고 동네 아이들을 다 끌고 남산모루 너머에 있던 폐광에 갔다가 길을 잃어 혼쭐이 나고, 남의 동네 상엿집에 누가 먼저 들어가는지 내기하다가 쫓겨 나오기도 했다. 한밤중에 탐정놀이를 하러 시멘트 블록 공장에 숨어 들어갔다가 잡혀 나오고, 범인을 잡는다고 시궁창 옆에다 함정을 팠다가 동네 할머니가 빠지는 바람에 벌을 서기도 했다. 주로 내가 앞장서서 벌인 일이었지만 늘 영태가 혼났다. 어른들은 항상 어리바리하고 말이 없는 내가 그런 고약한 일에 앞장서리라고 생각하지 않았다. 의리 있는 영태는 단 한 번도 "중미가 먼저 하자고 했다."고 말한 적이 없다.

영태는 학교 육상 대표 선수로 뛸 만큼 운동을 좋아하면서도 다른 남자애들과 달리 거칠지 않았다. 영태는 소꿉놀이와 탐정놀이도 좋아했다. 무엇보다 동물을 좋아했다. 언젠가 동네 오빠들이 도마뱀을 잡아서 가지고 놀았다. 그러다 오빠들은 도마뱀이 떼어 버린 꼬리만 남겨 두고 어디론가 갔다. 도마뱀이 불쌍해서 울자 영태가 도마뱀 꼬리는 금방 다시 나온다며 말했다.

"이거 묻어 주자."

내가 아이들이 잡아서 놀다가 죽이고 간 땅강아지를 묻어 주는 도랑둑에다 영태는 도마뱀 꼬리를 묻어 주었다. 따뜻하고 착한 영태가 친구라서 좋았다.

초등학교 4, 5학년 때쯤이다. 우리 집 툇마루에서 영태와 바둑을 두고 있는데, 마당 평상에 모여 이야기를 나누던 아주머니 중 한 분이 말했다.

"둘이 이담에 결혼하겠네. 참 잘 어울려."

영태와 어울려 다닐 때마다 그런 소리를 듣던 터라 발끈하고 말았다.

"저는 결혼 안 할 거라니까요?"

아주머니들이 웃으며 되물었다.

"아니 왜, 결혼을 안 해?"

"그냥요. 나는 절대 결혼 같은 거 안 할 거예요."

"그러면 외로워서 어떡해. 엄마 아버지도 다 늙고 혼자 남을지도 모르는데?"

"괜찮아요. 저는 아기는 낳을 거예요. 아기만 있으면 돼요."

아주머니들이 한바탕 깔깔깔 웃더니 말했다.

"에이, 아기 낳으려면 남자가 꼭 있어야 하는데?"

남자가 꼭 필요하다는 말에 가슴이 철렁한 나는 맞은편에 있던 영태를 보고 말했다.

"그러면 영태를 잠깐 빌리죠, 뭐."

아주머니들이 또다시 박장대소했다.

"그게 마음대로 되나, 영태도 생각 있는지 물어봐야지. 영태야, 나중에 너 중미한테 빌려줄 거야?"

영태가 무슨 말인지 모르겠다는 표정을 짓자, 아주머니들이 또 숨넘어가게 웃었다.

"너는 중미랑 연애할 생각이 있냐고."

그 말에 영태가 얼굴이 벌게져서 소리쳤다.

"아니요. 나는 중미 말고 수연이랑 결혼할 건데요?"

영태는 내 여동생을 무척 좋아했다. 영태 말에 엄마까지 배를 잡고 웃었다.

"아이고, 어떡하냐. 중미는 아기도 못 낳겠네."

그게 무슨 뜻인지 알아듣지 못한 나는 부루퉁해 있는 영태에게 화를 냈다.

"야, 치사하다, 치사해. 누가 수연이랑 결혼하지 말래? 나는 결혼 안 한다고. 그냥 내가 아기 낳으려고 할 때 네가 도와달라고."

영태는 미안한 듯 머리를 긁적거렸다.

"김중미, 아기 낳게 한 번만 빌려주고 나는 수연 이랑 결혼할 거다."

이후로 한참 동안 아주머니들이 모이면 그 이야 기를 하며 웃었다. 중학생이 돼서야 그때 아주머니 들이 왜 그렇게 웃었는지를 이해했다. 아마 영태도 그때쯤에야 우리가 했던 말의 의미를 알게 되었을 거다.

중학교 1학년 여름, 영태와 둘이서 한탄강으로 물 놀이를 가는데 기차 안에서 군인들이 우리를 보며 능글맞은 눈빛으로 물었다.

"너희 이성 간이냐?"

영태는 이성이라는 말뜻을 잘 모르는지 큰 눈을 데굴거리기만 하고 아무 대답도 하지 않았다. 나는 '이성'이라는 말뜻을 모르지 않았지만, 시치미를 떼 고 대답했다.

"네, 얘랑 나랑 성이 달라요. 얘는 이씨고, 저는 김

씨예요."

저녁때 집에 돌아와 그 말을 하자, 엄마는 나도 영태처럼 이성의 뜻을 모르는 줄 알고 배를 잡고 웃었다. 나와 영태는 정말 성이 다른, 여성과 남성이었지만 초등학교 때부터 중학교 2학년 때까지 가장 친한 친구였다.

나는 항상 누군가를 좋아했지만, 그 사람이 남성이라서, 혹은 여성이라서 특별한 감정이 드는 것은 아니었다. 나는 폭력적이지 않고, 센 척하지 않고, 따뜻하고, 섬세하고, 착한 '사람'이 좋았다. 청소년기에는 친구한테 느끼는 감정이 애정인지, 우정인지 따위가 중요하지 않았다. 이성애를 정상으로 놓고, 그 반대에 놓인 동성애를 병이나 범죄로 취급하는 분위기에서 청소년기에 자신의 감정이 어디에 속하는지를 결정해야 한다는 압박은 폭력과 같다. 이것 아니면 저것이어야 한다는 강요는 오히려 관계에 대한 두려움과 혼란만 키운다. 다행히 우리 부

모님은 내가 이성에 관심이 있든 없든 크게 개의치
않았다.

청년기가 되면서 나는 남녀가 어린 시절처럼 스
스럼없는 친구로 지낼 수 없는 것이 늘 안타까웠다.
학교나 동네에서 남자와 여자가 몸이 다르듯 그로
인한 마음도 달라서, 서로 다르게 성장하고 성숙해
진다는 것을 가르쳤다면 나는 지금보다 훨씬 자연
스럽게 남자들과 우정을 맺고, 서로 협력하고 사랑
하며 살아갔을 것 같다.

내 여동생과 결혼할 꿈을 고등학교 때까지 포기
하지 않았다던 영태를 동두천을 떠난 뒤 다시 만나
지 못했다. 그러나 영태는 어릴 적 소꿉동무로, 그
리움으로 남아 있다.

연숙이는
비밀을
알고 있다

초등학교 4학년 때쯤부터 집마다 계몽사 세계 아동문학 전집을 할부로 들여놓는 게 유행했다. 연숙이네도, 광훈이네도 50권, 100권짜리 전집이 마루 한가운데를 차지하고 있었다. 나도 세계 아동문학 전집을 갖고 싶었지만, 엄마와 아버지는 약속이라도 한 듯 책은 전집으로 보는 게 아니라고 했다. 그때는 이미 우리가 얼마나 가난한지 알고 있을 때여서 조르지도 못했다.

그러다 영화에서 백혈병에 걸려 시한부 선고를 받은 여자아이를 위해 가족들이 마지막 소원을 들어주는 장면을 보며, 나도 백혈병에 걸리기로 했다. 가난한 우리 엄마 아버지도 죽어 가는 딸의 마지막 소원 한 개쯤은 들어줄 것 같았다. 그러면 엄마한테 세계 아동문학 전집을 사 달라 하고, 죽기 전까지 책을 다 읽으면 되겠다고 생각했다. 문제는 백혈병에 걸리는 것이었는데 친구네 집에 있던 동아 대백과사전에 나온 정보로는 백혈병에 걸리는 법을 알 수가 없었다. 그래서 할 수 없이 아버지에게 물었다.

"아버지, 백혈병은 어떻게 걸려?"

"글쎄다. 그런데 내가 좋아하는 라이너 마리아 릴케라는 시인은 장미 가시에 찔리고 백혈병에 걸려 요절했어."

그때부터 나의 목표는 장미 가시에 찔리는 것이었다. 백혈병에 걸리려면 적어도 화원에서 파는 장미 가시 정도에는 찔려야 할 것 같은데, 생전 가 보지 않은 화원에 가서 장미 가시에 찔릴 용기는 나지 않았다.

그러던 어느 날, 옆집 친구 연숙이와 하교하다가 연숙이네 집 담장에 핀 덩굴장미가 눈에 들어왔다.

"연숙아, 이것도 장미지?"

"응."

가까이 가서 보니 진짜 장미 향기가 났다. 그런데 덩굴장미 줄기에 돋은 가시는 너무 짧고 약해 보였다. 손끝 한번 찔려서는 백혈병에 걸릴 것 같지 않았다.

"연숙아, 있잖아. 내가 지금부터 무슨 짓을 해도 우리 엄마한테 이르지 마."

"뭘 할 건데?"

"약속해. 나한테 엄청 중요한 일이거든."

착한 연숙이는 얼른 새끼손가락을 내밀었다. 약속을 받아 낸 뒤, 담장 안으로 손을 밀어 넣고 장미 줄기를 몇 번 잡았다 놨다. 얼마나 따가웠는지, 피가 났는지는 기억이 나지 않는다. 놀란 연숙이가 약속을 어기고 우리 집 대문을 박차고 들어가 엄마를 데리고 나왔다. 엄마는 아버지가 퇴근하면 크게 혼날 거라고 했지만 아버지는 고개를 절레절레 흔들며 이렇게 말할 뿐이었다.

"하여간 독특해."

장미 가시에 찔려 가며 백혈병에 걸리길 바랐지만 몇 달이 지나도 멀쩡했다. 계몽사 세계 아동문학전집의 꿈은 사라졌다. 그런데 그해 겨울, 어린이 잡지 〈소년중앙〉에서 '창작동화 작가 모집'이라는 광고를 보았다. 창작동화에 공모해 입선하면 부상으로 세계 아동문학 전집과 자전거를 준다고 했다.

나는 엄마 몰래 저금통을 헐어 문방구에 가 200자 원고지 100매 한 묶음을 샀다. 그리고 겨울방학 동안 창작동화라는 걸 썼다. 얼마나 걸렸는지는 기억이 나지 않는다. 100매 중 몇 장만 남을 만큼 썼다. 내용은 그즈음 본 영화의 영향으로 물개와 소녀의 사랑이거나 돌고래와 소년의 사랑이거나 아니면 그 반대였을 거다. 동화를 완성하고 나서 동생에게 읽어 보라고 했더니 눈물까지 흘리며 감동했다. 당선을 확신한 나는 부모님 몰래 아침 일찍 주인집 언니가 일하던 우체국으로 갔다. 동화 작가가 되려는 생각은 없었다. 그저 계몽사 세계 아동문학 전집을 가질 수만 있다면 뭐라도 할 수 있었을 뿐이다. 한 달, 두 달, 1년이 지나도 연락은 없었다.

맨날 엉뚱한 짓만 골라 하는 나와 달리 연숙이는 성숙하고 공부도 잘하는 모범생이었다. 고무줄놀이와 공놀이도 동네에서 가장 잘했다. 그런 연숙이 덕에 나도 깍두기로 여자아이들 틈에 끼어 놀았다. 같은 학년이긴 했지만 한 살이 많았던 연숙이는 나를 한심하게 여기면서도 동생처럼 챙겼다.

나는 열한 살까지 야뇨증이 있었다. 일주일에 한두 번, 젖은 요를 빨아 널 때마다 엄마는 일부러 큰소리로 말했다.

"우리 막내는 초등학교 갈 나이가 됐는데도 왜 아직 밤에 오줌을 못 가리는지 몰라."

가뜩이나 어리바리한 애가 야뇨증까지 있다면 놀

림을 받을 게 뻔하니 엄마는 늘 자신의 거짓말 뒤로
나를 숨겨 주었다. 그 비밀을 연숙이가 알고 있었
다. 연숙이네 오빠도 중학교 2학년 때까지 야뇨증이
있었다고 했다. 엄마는 그래서 친구인 연숙이 엄마
한테 나에 대한 걱정을 털어놓았던 것 같다. 연숙이
는 그 이야기를 듣고도 다른 친구들한테 소문내지
않았다. 엄마는 늘 연숙이에 대해 말했다.

"애가 어쩌면 저렇게 음전하고 똑똑한지 모르겠
다."

나는 항상 연숙이보다 못한 내가 부끄러웠다. 연
숙이는 중학교 1학년 1학기에 서울로 전학을 갔다.
아버지가 이태원에서 미군을 대상으로 하는 양복점
을 차린다고 했다. 이미 오빠는 서울에 있는 고등학
교에 다니고 있었고, 언니도 오빠를 뒷바라지하기
위해 서울에 있는 직장에 다녔다. 수업이 끝나고 같
이 집에 오던 길에 연숙이가 말했다.

"너도 전학 가겠다고 해."

"우린 돈 없어서 안 돼. 나는 너만큼 공부를 잘하는 것도 아니잖아."

연숙이는 중학교에 올라가 처음 본 시험에서도 69명이던 반에서 1등을 했다. 겨우 10등 안팎을 오가던 나와는 비교가 되지 않았다.

"넌 그림 그려야지. 초등학교 때 선생님들도 너는 서울로 가야 한다고 했잖아."

그때 뭐라고 대답했는지 기억이 없다. 그전에는 서울로 가는 아이들이 부러운 적이 없었는데, 연숙이한테는 좀 다른 감정이 들었다. 서운하고 부러웠다.

중학교 3학년 말, 연숙이가 전화해 울먹였다.

"너 여상 간다며? 네가 왜 여상을 가? 나는 너랑 대학 가서 꼭 만나려고 했는데, 너 그림 그려야 하잖아. 대학 안 가면 어떡해."

대학, 미술, 유학 따위에 대한 기대를 헛된 욕망이라고 다 끊어 냈던 그때의 나는, 나보다 나를 더 걱정하는 연숙이의 애타는 마음이 불편했다. 전화를 끊고 긴 편지를 썼다. 너와 내가 갈 길이 다르다고, 이제 더는 편지하지 말자고.

그리고 방학 때마다 동두천과 인천을 오가고, 일주일이 멀다고 편지를 주고받던 동두천 친구들에게도 똑같이 썼다. 상업고등학교에 갈 수밖에 없는 현실에 절망한 탓도 있지만, 그보다는 처음 이별할 때의 절절한 그리움이 조금씩 엷어지는 것이 우정이 시드는 것이라고 느꼈기 때문이었다. 그렇게 점점 서로 잊힌 존재가 되기보다 먼저 친구들에게 절교를 선언하고, 우리의 우정이 퇴색되지 않은 채로 간직하고 싶었다.

그때 나는 누군가와 우정을 나누다가도 멀어질 수 있고, 다른 친구를 사귈 수 있다는 것을 받아들이지 못했다. 새로운 친구를 만나 옛 친구가 잊힐 수도 있다는 것을 인정하지 못했다. 우정의 빛이 바래기 전 빛나는 채로 박제한다는 것은 불가능한 일이라는 것을 그때는 몰랐다. 오랫동안 외로운 시간을 보내고 나서야 절대적인 관계란 없다는 것을 알았다. 어른이 된 뒤에도 이별은 쉽지 않았지만, 그 이별도 우정의 요소라는 것을 알게 되었다.

　20년 뒤 만난 동두천 친구들은 내가 먼저 절교 편지를 썼다는 걸 아무도 기억하지 못했다. 그 친구들은 그저 나를 찾으려 애썼고, 그리웠다고 했다. 어쩌면 친구들이 나를 기억하고 그리워해 준 덕분에 어두웠던 그 시절을 견딜 수 있었는지 모른다.

정아는
또 다른
나였다

인천으로 이사 온 뒤, 나는 모든 관계로부터 물러나 동두천 친구들을 그리워하며 홀로 지냈다. 그때 정아가 찾아왔다. 정아는 나만 아는, 내가 불러야만 오는 친구였다. 정아는 초등학교 4, 5학년 때 종이 인형을 가지고 놀며 만든 비밀 친구였다. 오줌을 쌀까 봐 잠을 못 자던 밤마다 정아를 불러내어 대화를 나눴다. 정아는 한심한 내 모습을 마음 놓고 드러낼 수 있는 존재였다. 야뇨증이 낫고, 다른 친구가 생기면서 정아와는 자연스럽게 멀어졌다. 다시 정아를 만난 건, 인천으로 전학 온 뒤였다.

1976년 가을, 아직 동두천에 있던 나를 대신해 엄

마가 전학 갈 중학교 배정을 받으러 갔다. 엄마가 뺑뺑이를 돌려 선택된 학교는 인화여중이었다. 인화여중이 속한 선인재단의 악명을 익히 알고 있던 엄마는 뽑기를 잘못해서 미안하다고 했다.

학교는 끔찍했다. 6층까지 있는 건물인데 화장실이 없었다. 5층에 있던 교실에서 화장실에 다녀오려면 교실 문을 나설 때부터 뛰어야 했다. 전교생이 1,500명은 되었을 텐데 화장실은 단 두 동, 그마저 한 동은 초등학교와 같이 썼다. 줄을 서 있다가 볼일을 보지도 못하고 종이 울려 교실로 올라가야 하는 경우도 흔했다. 아무리 70년대였다 해도 그런 학교에 인가가 났다는 게 이해되지 않았다.

선인재단에는 유치원부터 대학교까지 10여 개의 학교가 있었지만, 어느 건물에도 하수도 시설이 없었다. 그래서 비만 오면 학교에서 내려오는 빗물로 인근 주민들의 피해가 컸다. 학생들은 등록금이 일주일만 밀려도 담임에게 불려 가 따귀를 맞았고, 담임들은 등록금이 제대로 걷히지 않으면 교장한테 불려 가 조인트를 까인다고 했다. 교실은 페인트칠을 자주 하지 않기 위해 벽을 반으로 갈라 위에는 흰색, 아래는 짙은 회색 유광 페인트로 칠했다. 가뜩이나 마음이 온통 잿빛인데, 교실까지 잿빛이니 우울증이 깊어졌다.

그 학교는 토요일마다 주말 고사가 있었고, 월말 고사도 있었다. 월말고사를 보면 학년별로 전체 등수를 게시했고, 전교 10등인가, 20등까지 금색 배지를 달았다. 어려서부터 친구들과 놀다가 서로 이기고 지는 걸 따지기 시작하면 슬그머니 빠질 만큼 경쟁을 싫어하던 나는, 성적으로 줄 세우는 학교가 너무 싫었다.

아이들은 생전 처음 들어 보는 동두천이라는 곳에서 온 작고 깡마른 데다 어둡기까지 한 아이를 간단히 따돌렸다. 전학 간 지 얼마 안 돼서 연필 깎는 칼을 훔쳐 간 도둑이 되었다. 빨간색 하트 스티커

가 붙어 있는 작은 칼이 왜 내 책상 위에 있는지 나는 몰랐다. 내 필통 안에는 똑같이 생긴 내 칼이 그대로 있었다. 처음에는 내가 착각해 가져갔나 했다. 그다음에는 지우개였다. 그리고 스티커. 그 뒤로도 몇 개가 더 있었다. 그렇게 비슷한 일이 되풀이되고서야 일부러 나를 괴롭히고 있다는 걸 알았다. 맞설 기운조차 없었던 나는 얼마 남지 않은 겨울방학을 기다리며 수치심, 분노, 억울한 감정을 모두 억눌렀다. 그리고 방학식을 하자마자 이틀 동안 되게 앓고 말았다. 그때 다시 정아를 불러내 현실로부터 물러났다.

그때 우리가 살던 집은 사방이 사무실과 공장으로 둘러싸인 창문 하나 없는 넓은 방이 전부였다. 그 방은 우리 가족의 거실, 침실, 식당이었다. 그 방에서 엄마 아버지가 잠들 때까지 기다렸다가 TV를 켰다. 자정이 넘으면 AFKN(주한미군방송)에서 미국이나 영국 가수의 공연을 보여 주었다. '비틀스', '롤

링 스톤스'의 옛 공연 실황뿐 아니라, '엘튼 존', '핑크 플로이드', '퀸'의 공연 실황도 볼 수 있었다. 밤새 멍하니 공연을 보다 누워서는 정아와 함께 그 공연장에 가는 상상을 했다.

고등학생이 돼서야 내 방이 생겼다. 공장 안에 시멘트 블록으로 대충 지은, 창문도 없는 방이었다. 그 방에 누우면 공장의 높은 슬레이트 천장을 받치는 철로 된 보를 횡단하는 쥐가 보였다. 목재 공장이라 쥐가 흔했던 탓인지, 감정을 차단하고 있을 때여서 그런지 쥐를 보고도 태연하게 누워 정아를 불렀다. 그때는 그 공장의 좁은 방에 영영 갇힐 수도 있다고 생각했다. 탈출할 길이 없어 보였다. 그래서 정아와 상상 여행을 떠났다.

전집은 절대 사 주지 않던 엄마가 6학년 겨울방학 때 중학교 입학 선물로 열두 권짜리 세계 지리 대백과사전을 사 주었다. 겨울방학 동안 그 책들을 보며 세계 여행을 한 덕에 정아와도 상상 여행을 떠날 수 있었다.

잉카와 마야 유적, 콘도르가 있다는 과테말라, 멕시코, 페루가 첫 번째 여행지였다. 또 브라질의 아마존에 가서 원주민을 만나고, 파타고니아에 가서 펭귄을 만났다. 〈소년중앙〉을 볼 때마다 반드시 탐험하겠다고 다짐했던 세계 7대 불가사의도 정복했다.

엉뚱하게도 초등학교 때부터 가장 살고 싶은 나라는 통가였다. 무섭고 냄새나는 재래식 화장실 대신, 발아래로 에메랄드빛 바닷물이 보이는 화장실이 있다는 그곳은 나의 이상향이었다. 그래서 정아와 그곳을 가장 많이 갔다. 체념과 절망으로 무력했던 그 시절 나는 정아 손을 잡고 빛도 들어오지 않던 그 방에서 자유를 찾아 공상의 날개를 펼쳤다.

중학교 3학년 말, 일반계고등학교가 아닌 상업고등학교를 가기로 마음먹었다. 전학 온 뒤 공부를 전혀 하지 않아 성적이 떨어진 영향도 없지 않았지만,

우리 형편에 더는 그림을 그릴 수 없다는 현실적인 판단 때문이었다. 그런데 학교에서 인화여중과 선화여중 졸업생들은 다 재단 안에 있는 여상에 가야 한다고 회유하고, 압박했다. 같은 재단에 있는 학교에 가는 게 정말 싫었던 나는 부모님께 학교에 와서 싸워 달라고 했지만, 엄마 아버지는 전교 1, 2등도 다 가는데 네가 무슨 수로 이기겠느냐고 했다.

선생님들은 재단에서 학교에 투자를 많이 해서 우리가 가게 될 여상을 인천 최고의 상업고등학교로 바꿀 거라고 했다. 인화여중과 선화여중에서 1등, 2등 하는 애들이 다 모였으니 곧 인천의 명문 학교가 될 거라고 했다. 명문 학교 따위가 되길 바라지 않았지만, 엄마 아버지 말대로 전교 1, 2등은 커녕 반에서 1, 2등도 못 하는 주제에 담임과 계속 싸울 수 없었다. 그때 담임은 등록금이 일주일만 밀려도 과학실로 불러 따귀를 때리던 폭력적인 선생이었다.

그런데 막상 같은 재단의 상업고등학교에 입학하고 보니 전체 16학급 중 절반이 보결 반이라고 했다. 보결 반이 뭔가 했는데 고등학교 입시에 떨어진 학생들을 돈을 받고 입학시켜 모아 놓은 반이었다. 심지어 60명이 넘는 일반 학급에도 서울에서 온 보결 아이들이 두세 명씩 있었다. 소문으로는 그 아이들은 돈을 더 내고 온 거라고 했다. 인화여중, 선화여중에서 공부 잘하는 아이들을 잔뜩 올려 보내 놓고는 절반이 넘는 학생들을 돈 받고 입학시킨 곳이 선인재단이었다. 부조리한 사회의 부조리한 학교에 가고 싶지 않았던 나는 껍데기만 학교에 보내고, 진짜 나는 상상 속에 머물렀다.

성적이 모자라 보결로라도 고등학교에 와야 했던 아이들의 처지도 안타까운 건 마찬가지였다. 고1 때 책 이야기를 나누던 몇 안 되는 친구 중에 보결로 온 아이가 있었다. 자기가 집안의 수치라고 말하던 그 아이는 어느 날 '데미안'을 찾아 떠나겠다며 자퇴했다. 나는 그 아이가 '데미안'을 만나러 간 건지, 겨울에 난방도 해 주지 않는 학교를 참을 수 없었던 것인지 헷갈렸지만, 과감하게 자퇴할 수 있는 용기가 부러웠다.

현실의 나는 자퇴할 만큼 대담하지 못했다. 그래서 현실에서는 가능하지 않은 일탈 행동을 정아에게 떠맡겼다. 정아는 학교에 가지 않고, 오토바이를 몰고 서울로 가고, 탄광이 있다는 태백에도 갔다. 선생님이나 어른들한테 고분고분하지 않았고, 부당한 일에 목소리를 높였다. 가끔 학교에서 그 정아가 튀어나와 선생님과 대립하고, 바른 소리를 하는 예상치 못한 일이 생기기도 했다. 그래도 정아가 일탈을 도맡은 덕에 현실에서는 제법 순종적인 딸, 무력한 여고생으로 적당히 타협하며 살 수 있었다. 어쩌면 그때 정아가 진짜 나이고, 학교에 가는 내가 오히려 나의 페르소나였는지 모르겠다.

상상 속에서는 정아가 '나'이고, '프랑수아즈 사

강'이고, '이상'의 연인이며, '루 살로메'가 되었다. 그러던 어느 날 프랑수아즈 사강의 《나는 죽는데 너는 태양 아래를 걷는가》라는 인터뷰집을 읽었다. 사강을 작가로 만든 이들이 궁금해 '시몬 드 보부아르'와 '사르트르'를 읽었다. 실존주의를 제대로 이해하지 못하면서 사르트르에 빠졌다. 돌아보면 얼굴이 화끈거릴 정도로 지적 허영심으로 가득한 어설픈 10대에 지나지 않았지만, 그때는 나름 진지하고 심각했다.

그래서 기왕 태어나 여태 살아 있으니 내 실존에 책임을 져야 하지 않을까 생각하게 되었다. 나에게 선택할 자유가 있다면, 그 자유를 의미 있게 쓰고 싶었다. 사르트르를 통해 알게 된 자유는 글로 사회에 참여하고 파시즘에 맞서 행동하는 것이었다. 나는 '나를 미래로 던져' 보고 싶었다. 어둠을 헤치며 앞으로 나아가고 싶었다. 그러려면 정아와 헤어져야 한다고 생각했다. 책을 읽으며 나만이 아니라 타자들과 함께 누리는 자유가 진짜 자유라는 것을 조금씩 알게 되었기 때문이다.

그러나 내가 맞닥뜨린 것은 가난한 집의 맏딸이라는 현실이었다. 그 현실을 더는 피하고 싶지 않았다. 동두천 보산동의 언니들처럼 가족을 위해 희생하는 삶을 살고 싶지는 않았지만, 동생들까지 나처럼 날개를 접고 웅크린 채 살게 하고 싶지도 않았다.

그 무렵 친구 자애를 만났다. 나는 책을 손에서 놓지 못했지만, 취업을 위한 자격증과 내신을 준비하기 시작했다. 그렇다고 단번에 정아와 이별하지는 못했다. 길을 잃거나 막다른 길에 설 때마다 정아를 불러내고 싶은 충동에 휩싸였다. 스무 살, 서른 살, 마흔 살 넘어 쉰 살이 다 될 때까지 정아는 내 주위를 맴돌았다. 다행히 내가 성숙해지는 것처럼 정아도 성숙해졌다. 정아는 내가 이루지 못한 꿈을 이루고 내가 가지 못하는 곳을 가는 대신, 내가 용기 내지 못하는 순간에 내 손을 잡아 주고, 머뭇

거리는 내 등을 떠밀어 주는 존재가 되었다. 더는 정아를 찾지 않게 되고서야 정아와 내가 하나가 되었다는 것을 깨달았다.

자애는
숨고 싶던 나를
붙잡았다

"넌 졸업하고 취업 안 할 거야?"

고등학교 2학년 때 짝이 된 자애는 수업 시간 내
내 소설책만 읽는 나를 한심하게 보다가 물었다. 아
무 대답도 하지 못하는 내게 자애가 말했다.

"내가 좀 도와줄까?"

진심으로 걱정하는 것이 느껴졌다. 그래서 싫다
는 말이 나오지 않았다. 자애는 내가 살고 있던 목
재 공장과 가까운 곳에 살았다. 자애 공부방은 가게
에 딸려 있었다. 방 한구석에 쌀, 밤, 고구마가 담긴
부대가 쌓여 있었는데 그 풍경이 푸근하고 정겹게
느껴졌다. 자애를 따라 밤샘 공부를 하겠다고 가긴
했지만, 막상 자애네 가면 심야 라디오 방송을 들으

며 소설을 읽었다. 그러면서 노래라고는 심수봉의 '그때 그 사람'밖에 모르는 자애에게 록이나 포크 음악을 소개했다. 내가 공부에 방해만 됐을 텐데도 자애는 시험 때마다 나를 불렀다. 자애는 가끔 어이 없는 표정을 지었다.

"너 같은 애는 첨 봐. 신기해."

그때 우리 집은 전화기가 따로 없이 목재 공장 사무실 전화를 빌려 쓰고 있었다. 그래서 사무실 직원들이 다 퇴근한 뒤에야 전화를 쓸 수 있었다. 전화번호를 묻는 자애에게 비상용으로만 쓰라고 알려주었는데 어느 날 오후, 사무실로 전화해서 나를 바꿔 달라고 했다. 사무실 사람들 눈치를 보며 전화를 받았더니 공장 앞에 있다고 했다. 서둘러 나가 보니 자애가 공장 정문 앞에 쟁반을 들고 서 있었다.

"그게 뭐야?"

"호박부침개. 너 주려고 했어. 근데 그 전화번호로 아무 때나 전화하면 안 되는 거야?"

눈을 동그랗게 뜨고 미안해 어쩔 줄 모르는 자애를 보는 순간 나도 모르게 눈물이 핑 돌았다. 인천에 와서 처음 받아 보는 환대였다.

연필 자국 하나 없는 순백의 도화지 같았던 자애는 마음만 먹으면 그 도화지에 자신의 미래를 마음껏 그릴 수 있었다. 자애는 장사하는 부모님을 돕느라 공부할 시간이 넉넉하지 않은데도 1등을 놓치지 않는 아이였다.

자애랑 있으면 불만투성이인 내가 허세만 남은 껍데기처럼 느껴졌다. 자애의 도움을 받으며 취업을 준비하는 현실적인 여고생이 되려고 노력했지만, 머릿속은 이 부조리한 세상을 어떻게 살아가야 하는지로 복잡했다. 길이 잘 보이지 않으면 다시 나만의 동굴로 돌아가 숨고 싶어졌다. 그때마다 자애는 나를 붙잡았다. 나는 자애가 내민 손을 잡고 오랫동안 갇혀 있던 깊은 동굴에서 빠져나왔다.

우리 집이 있는 목재 공장과 자애네 집 주변의 판

잣집 너머에는 언제 무너질지 모를 시립아파트가 서 있었고, 그 주변으로는 오래된 산동네가 있었다. 나는 자애와 그 산동네를 지나 학교를 오가며 조세희의 《난장이가 쏘아올린 작은 공》과 존 스타인벡의 《분노의 포도》를 생각했다. 나는 이 빈민 지역을 벗어나 성공하는 데는 별 관심이 없었다. 자애만큼 열심히 공부하지도 않으면서 그렇게 열심히 공부해봤자 세상이 바뀌지 않으면 소용없다는 말로 자애를 맥 빠지게 했다.

자애와 친구가 되면서 같이 어울리는 친구들이 생겼다. 자애 못지않은 모범생인 경순이, 영실이와 아웃사이더 금영이였다. 모두 가난한 집안의 딸로 태어나 자라면서 꿈을 포기하는 법부터 배운 아이들이었다. 그렇다고 나처럼 냉소하거나 무기력하지 않았다. 류머티즘 관절염 때문에 학교에 나온 날보다 결석한 날이 더 많았던 영실이는 아픈 몸으로도 공부를 놓지 않았다. 경순이는 반 아이들뿐 아니라 선생님들까지 미소 짓게 만드는 순수하고 따뜻한 아이였다. 경순이와 친해진 건 문학청년이었던 경순이 언니가 가진 책을 빌려 보기 위해서였다. 충남 당진에서 온 금영이와는 대학로 소극장과 전시회장을 다니며 친해졌다.

고3 내내 취업에 대한 압박감에 시달려야 했던 우리는 1981년 마지막 예비고사를 마친 또래들이 해방감에 들떠서 거리를 쏘다닐 때 상대적 박탈감과 열등감을 느꼈다. 그래서 인천에 있는 미림극장에 들어가 제목도 기억나지 않는 영화를 보며 몸을 숨겼다. 그때 옆에 있던 금영이와 영실이에게 말했다.

"우리 오늘만 마음껏 우울해지자."

그러다 자애를 만나러 갔다. 자애는 졸업도 하기 전에 동방생명에 고졸 특채로 취업해서 야근을 하고 있었다. 자애를 만나자마자 졸업도 안 한 애가 대기업 돈을 벌어 주고 있느냐고 쏘아붙였다. 자애는 평소처럼 웃고 말았다.

그날 자애에게 진짜 하고 싶었던 말은 그래도 너는 대학에 갔어야 한다는 말이었다. 그때는 고등학교 졸업생의 30퍼센트만 대학에 가던 때고, 여학생의 수는 더 적을 때였다. 그런데도 우리 중 누구도 대학에 가지 못한다는 것이 슬펐다. 그러나 다음 날 아침에는 아무 일이 없었다는 듯 학교에 가서 취업 준비를 했다.

취업하고 돈을 벌게 되었지만 우리는 누구도 자기 자신을 위해 살지 못했다. 오빠나 남동생 들이 대학에 가고 유학을 가는 동안에도 고졸 여성 노동자로 살며 살림 밑천이 되어야 했다. 날아 보기도 전에 날개를 접어야 했던 내 친구들은 열악한 조건 속에서 하루하루 바쁘게 살아가면서도 서로를 잊지 않았다. 자주 만나지 못해도 통화를 하고, 편지를 주고받으며 서로의 안부를 묻고 의지하고 위로하면서 지냈다.

진숙이는
서슴없이
팔짱을 꼈다

고등학교를 졸업하고 한 대학의 종합병원에 취업했다. 입사 뒤 처음 발령받은 곳은 기획실이었다. 통원 환자의 처방전을 진료과별로 분류하고 처방된 처치와 검사, 약의 통계를 내는 단순한 업무가 내 일이었다. 일이 그다지 어렵지 않았고, 선배들이나 상사들한테도 그럭저럭 인정받으며 지냈다. 그러다 반년 만에 수습생이 들어왔다. 아직 고등학교 졸업 전이라 나보다 어린 줄 알았는데 한 살이 더 많았다.

진숙이는 크고 맑은 눈만큼이나 순수하고 착했다. 그래서 입사한 날부터 사무실의 온갖 허드렛일을 도맡아 하는 만만한 존재가 되었다. 진숙이는 날마다 선배들의 아침거리, 간식거리를 사다 주느라 하루에도 몇 번씩 매점을 들락거렸다. 선배들의 호구 노릇을 하는 진숙이가 답답하고 안쓰러웠고, 선배들이 미웠다. 진숙이를 감싸다가 선배들과 자주 부딪쳤고, 모난 돌이 정을 맞는다고 결국 힘들기로 소문난 원무과 수납으로 발령이 났다.

직장 생활 2년 차에 원무과 신입이 된 나는 한 달에 반을 야간 근무를 해야 했다. 야간 근무 때는 저녁 5시 30분부터 다음 날 아침 8시까지 주 6일을 근무했다. 하루 열다섯 시간을 수납 창구에서 보내는 일은 무척 힘든 일이었다. 그러나 그 시간을 견디지 못하면 앞으로 어떤 일도 이겨 내지 못할 것 같아 이를 악물었다.

야간 노동은 쉽지 않았지만, 일하는 동안 책으로만 읽었던 1980년대 한국 사회의 모순을 직면할 수 있었다. 그곳에서 인큐베이터 비용을 감당하지 못해 미숙아를 퇴원시키던 가난한 부부를 만났고, 병원 앞에 있던 원풍모방의 노동쟁의를 접하며 민주노조에 대해 알게 되었다. 인근의 미감아(한센병에 걸린 부모에게서 태어난, 아직 감염되지 않은 아이) 공동체나, 직업훈련원에서 만난 청소년들을 통해 한센병에 대한 국가 폭력을 알게 되었다. 대학에 다니지 않은 나는 불평등하고 모순투성이인 현실을 이해하기 위해 책을 읽었다.

진숙이는 내가 원무과 수납으로 간 것이 자기 탓이라며 미안해했다. 그래서 내가 야간 근무를 하는 날은 퇴근도 못 했다. 무덥던 여름날이었다. 저녁 8시부터 환자들이 몰려왔다. 한참 일을 하다 고개를 들어 보니 진숙이가 냉커피를 들고 발을 동동 구르고 있는 게 보였다. 나는 냉커피 한잔 먹을 여유조차 없이 바빴다. 정신없이 처방전을 계산하다 보면 진숙이가 새로 만든 냉커피를 들고 환자들 뒤에 있었다. 그날 진숙이는 자정이 다 될 때까지 냉커피를 다섯 번이나 새로 만들었다고 했다. 그런 진숙이가 곁에 있다는 것이 기뻤다.

진숙이는 초등학교 1학년 때, 엄마가 집을 나간 뒤 아버지와 오빠들 밑에서 어렵게 어린 시절을 보냈다. 초등학교를 졸업한 뒤 아버지가 중학교를 보내 주지 않아 1년 동안 꼴을 베고, 마을에서 허드렛일을 하면서 중학교에 갈 돈을 모았다. 중학교를 졸업한 뒤에도 고등학교에 보내 주지 않아, 야반도주해 서울로 올라왔다. 진숙이는 운 좋게 관청에서 사환으로 일하게 되고, 야간 고등학교에도 갈 수 있었다. 나는 진숙이가 참 신기했다. 그 많은 상처를 견디면서 어떻게 가시 하나 품지 않을 수 있었는지 말이다. 진숙이는 1년 뒤 자청해서 내가 있는 수납으로 자리를 옮겼다.

수납에는 여상을 좋은 성적으로 졸업해 무난하게 공채로 들어온 사람들이 대부분이었지만, 진숙이처럼 야간 고등학교나 산업체 부설 학교에서 좋은 성적을 받아 특채로 온 친구도 있었다. 우리는 조금씩 처지가 달랐지만, 가난한 집안의 맏딸로 살림 밑천이 되어야 하는 존재라는 공통점이 있었다. 그래서 일을 하는 동료에서 친구로, 자매로, 동지로 관계가 깊어졌다.

진숙이와 친해진 지 얼마 되지 않았을 때였다. 퇴근길에 진숙이가 갑자기 맛있는 것을 먹자며 병원 옆 재래시장 먹자골목으로 데리고 갔다. 정말 맛있다며 진숙이가 시킨 음식은 김치부침개와 어묵, 비빔국수였다. 그런데 주인은 어묵 2인분을 한 그릇에 숟가락 두 개를 넣어 내밀었다. 당혹스러웠다.

그때까지 나는 다른 사람들과 숟가락을 섞지 못했다. 창피한 일이지만 내가 먹던 밥그릇에 다른 사람의 숟가락이 들어오는 거나, 남이 먹던 음식에 내 숟가락을 넣는 일은 절대 있을 수 없는 일이었다. 중고등학교 시절 도시락을 싸서 다니지 않았던 이유도 어려운 가정 형편 때문이 아니라 친구들과 반

찬을 섞어 먹기 싫어서였다. 그렇지만 진숙이 앞에서 그런 내 못된 속내를 드러낼 수가 없었다. 나는 난생처음 한 그릇에 담긴 음식을 나눠 먹었다. 진숙이 덕에 못된 버릇을 고칠 수 있었다.

중고등학교 시절 나는 친구들과 팔짱을 끼는 법이 없었다. 그런데 진숙이는 서슴없이 팔짱을 끼고, 내 손을 잡았다. 내가 빗장을 열기도 전에 자기가 먼저 문을 열고 내 안으로 성큼성큼 들어왔다. 진숙이는 내가 안전을 위해 세웠던 내 안의 울타리를 한순간에 무너뜨렸다. 그 덕분에 나도 타인에게 기대게 되고, 타인이 내게 기댈 수 있게 어깨를 빌려줄 수 있게 되었다.

사람들은 공동체 생활을 하는 사람은 뭔가 특별할 거라고 기대한다. 타자에게 늘 열려 있고, 배려심이 남다를 거라고 상상한다. 그렇다면 나는 전혀 공동체적이지 않은 사람의 전형이었다. 나는 진숙이와 친구들의 사랑으로 다른 사람이 되었다.

1987년 병원에서 퇴사하고 만석동에 들어가 탁아소를 시작했다. '기차길옆아가방'이었다. 그때는 탁아 운동이 막 시작되던 때라 노동자 밀집 지역인 만석동에도 미취학 아동을 돌봐 주는 곳이 없었다. 아가방에 오는 아이 중에 여섯 살인데도 지능이 한 살 정도밖에 안 되는 아이가 있었다. 그 아이는 낮잠을 자다가 똥오줌을 쌌다. 그래서 날마다 물청소를 하고 이불 빨래를 해야 했다. 빨래해 놓고 나면 석간 신문을 배달하러 갔다. 그때는 신문 배달이 유일한 수입원이었다. 배달이 끝나면 곧장 부평이나 서울에서 열리는 시위에 참여했다.

그렇게 살다가 지치면 서울에 있는 진숙이 자취방에 가서 누웠다. 진숙이는 내가 갈 때마다 새 이불과 요를 내주었고 따뜻한 밥을 해 주었다. 진숙이의 자취방은 그 당시 나의 유일한 도피처였다.

힘들게 꾸려 가던 아가방은 함께 일하던 친구들이 만석동을 떠나면서 그만두었다. 그리고 공부방을 하려고 준비하는 동안 진숙이네로 쉬러 갔다. 내가 아가방을 그만뒀다는 말에 진숙이가 나를 품에 안으며 말했다.

"이제 너한테 지린내가 안 나서 좋다. 너 탁아소 하는 동안 지린내가 가신 적이 없었어. 그래서 너 왔다 가면 내가 이불 빨래를 새로 했어."

아가방을 하던 집에는 샤워 시설은커녕 분리된 수도 시설도 없었다. 똥 범벅이 된 아이를 길가에 있는 수돗가에서 씻겼고, 차마 거기서 씻을 수 없는 나는 일주일에 한 번 본가에 가거나 진숙이네 가서야 씻었다. 아침으로 산도 과자 하나도 사 먹을 돈이 없던 처지에 목욕탕을 자주 갈 수도 없었다. 오죽하면 전쟁 후 위생이 좋지 않을 때 주로 걸린다는 장미진이라는 피부병까지 걸렸을까. 그때는 건강까지 몹시 나빠져 오랫동안 약을 먹어야 했다. 진숙이는 그런 나를 말없이 지켜봐 주고, 병원에 데리고 가고 곁을 내주었다.

우리는 20대를 가부장제의 억압을 감당해야 하는 딸로, 노동조합이 없는 곳에서 여성 노동자로 힘들게 살았다. 그 와중에 혼자 감당하기 어려웠던 성장기의 고통을 나누고, 연애의 설렘을 나누고, 미래의 불안을 나눴다. 진숙이가 없었다면, 만석동에 들어와 만난 이웃들의 이야기에 귀 기울이고 깊이 공감할 수 없었을 것이다.

대학병원 수납에서 만난 진숙이와 친구들을 통해 우정은 공평하게 마음을 주고받는 것이 아니라 누가 더 주든, 덜 받든 상관없이 사랑하는 관계라는 것을 깨달았다. 이후 나는 어떤 사람을 만나든 겉으로 드러나는 모습만이 아니라, 그 사람의 사회적 관계와 그 사람을 있게 한 서사를 통해 한 사람을 이해하게 되었다.

재양이와
모든 처음을
함께했다

1987년 봄 만석동에 처음 들어가 아가방을 열었을 때 가장 먼저 만난 아이들은 네 살, 일곱 살 자매였다. 그 동네는 철길을 따라 판잣집이 줄지어 있었다. 자매가 사는 집은 아가방을 시작한 판잣집 바로 옆집이었다. 엄마는 봉제 공장에 다니고, 아버지는 건축 일을 했는데, 두 아이를 아가방에 데리고 오가는 사람은 초등학교 3학년이던 큰언니 재양이였다. 재양이는 엄마 아버지가 출근하면 어린 동생들을 깨워 아침을 먹이고, 막내와 셋째를 아가방에 맡긴 뒤 1학년인 둘째와 함께 학교에 갔다. 고작 열 살 아이가 자기보다 어린 동생들을 챙기는 모습이 기특하기보다는 안쓰러웠다.

하루는 9시가 넘도록 재양이네 아이들이 오지 않았다. 큰길로 나서자마자 아이들 우는 소리가 들렸다. 재양이네 가 보니 1학년 둘째는 학교에 늦었다고 울고, 순둥이 셋째는 화가 난 큰언니와 떼 부리는 막내 사이에서 어쩔 줄 모르고 울고 있었다. 재양이는 나를 보고는 이내 잔뜩 성났던 눈을 풀고 닭똥 같은 눈물을 뚝뚝 흘렸다.

"막내를 아가방에 데려다줘야 학교에 가는데 얘가 옷을 안 입어요."

그러고 보니 막내는 아직 팬티 바람이었다. 단칸방에는 네 아이가 먹은 밥상이 덩그러니 놓여 있고, 방 여기저기에 벗어 놓은 옷가지들이 널려 있었다. 나는 재양이와 둘째를 달래 학교에 보내고 막내를 업었다. 아가방에 와서 옷을 입히며 물었다.

"왜 그렇게 떼를 부렸어? 언니들 지각했겠다."

막내가 서럽게 울며 말했다.

"엄마가 나를 보지도 않고 회사 갔어."

"그랬구나, 아침에 일어났는데 엄마가 없어서 속 상했구나."

고집쟁이 막내 울음에 일곱 살 셋째도 따라 울었다.

그날 오후 동생들을 데리러 온 재양이와 이야기를 나누었다. 재양이가 몇 번이나 망설이다가 고백한 바람은, 자기도 다른 아이들처럼 엄마가 해 주는 밥을 먹고 자기 책가방만 챙겨서 학교에 가고, 방과 후에 친구들이랑 놀다가 형제 문구에서 군것질도 하며 느긋하게 집에 오는 거였다. 그 단순한 바람이 재양이에게는 쉽게 이루어질 수 없는 꿈이었다. 아가방으로 동생들을 데리러 오기 전에도 저녁밥을 안치고 청소를 했다는 재양이가 물었다.

"이모, 우리도 아가방에 다니면 안 돼요? 학교 끝나고 오면 안 돼요?"

재양이 물음에 농담처럼 대답했다.

"그럼 아가방 끝나고 공부방 할까?"

"네!"

마음 같아서는 당장이라도 공부방을 하고 싶었지만 아가방 운영만으로도 힘에 부친 형편이었다. 보육비를 제대로 내는 사람들이 없어 꼬불쳐 놓았던 퇴직금마저 다 꺼내 쓴 상태였다. 게다가 함께 만석동에 들어간 친구 한 명은 몸이 아프다며 중간에 나갔고, 한 친구마저 수녀원에 입소하기로 한 터였다. 선배들은 혼자 남게 된 내게 활동가가 많이 필요한 서울로 올라오라고 했지만, 만석동을 떠나고 싶지 않았다. 그런 내 마음을 꿰뚫어 본 재양이와 그동안 친해진 동네 아이들이 공부방을 하자고 매달렸다.

지금까지 공부방에서 하는 프로그램들은 모두 재양이와 함께 시작했다. 여름 캠핑, 함께 자기, 공연 등등. 여름 캠핑은 가족과 한 번도 여행을 가 본 적이 없다는 아이들 말에 시작했고, '함께 자기'는 공부방에서 자 보는 게 소원이라는 재양이 말에 시작

되었다. '함께 자기'는 말 그대로 공부방에서 다 같이 밥을 해 먹고 다 같이 놀다가 다 같이 잠자리에 드는 것이다. '함께 자기'를 하던 첫날 저녁 수건과 잠옷, 쌀을 챙겨 가파른 공부방 계단을 올라오던 재양이의 상기된 얼굴이 아직도 생생하다.

공부방 신문 '칙칙폭폭'도, 어린이날 행사도, 가을 가족 소풍도 모두 재양이와 시작했다. 겨울방학 때 가던 박물관, 미술관 견학도 마찬가지였다.

"견학 숙제는 맨날 가짜로 써 냈어요. 나도 진짜로 박물관에 가 보고 사진도 붙여서 내고 싶어요."

그렇게 재양이와 공부방의 모든 처음을 함께했다.

1990년, 만석동 9번지에 무허가 판잣집을 사 수리를 시작했다. 재양이는 마치 자기네 집을 새로 짓기라도 하는 것처럼 학교를 오갈 때마다 들러 새 공부방이 될 판잣집을 둘러보고 갔다. 지은 지 60년이 넘은 낡은 판잣집이었지만 우리만 쓰는 단독 건물

이어서 마음 놓고 떠들고 놀 수 있어 아이들이 좋아했다.

재양이는 동생들을 돌봐 온 깜냥 덕분에 자원 교사 없이 나 혼자 공부방을 하는 날엔 대학생 이모 삼촌 들의 빈자리를 메웠다. 그러면서 꼭 대학에 가서 이모로 공부방에 오겠다고 했다. 그러나 가난한 집안의 맏딸에게는 꿈을 이룰 기회가 많지 않았다. 고등학교 원서를 쓰고 난 재양이의 그늘진 얼굴이 꼭 열여섯 살 적 나 같아서 마음이 아팠다. 재양이에게 여상에 진학하는 것이 실패나 낙오가 아니라고 말했다. 그저 좀 돌아갈 뿐이라고, 그래서 시간이 좀 더 걸릴지 모르지만, 잘 닦인 신작로로 가는 아이들보다 더 다양한 풍경과 사람을 만나고, 더 단단해질 거라고.

그러나 나도 그 나이 때는 내가 가는 길이 돌투성이 흙길인 게 불만이었고, 어쩌다 오르막길이나 진창길을 만나면 그만 길에서 내려가고 싶었다. 자주 길을 잃었고, 달빛도 없는 캄캄한 길을 가며 외롭고 무서웠다. 먼저 그 길을 지나온 나는 재양이가 내가 겪은 시행착오를 겪지 않기를 바랐다. 그래서 고등학교 입학을 앞둔 긴 겨울방학 동안 날마다 공부방으로 불렀다. 같이 책을 읽고, 시사 문제를 토론하고, 여상에서 필요한 공부를 하기도 했다. 그때 내가 쓸 수 있는 시간과 마음을 모두 재양이에게 쏟았지만, 결국 각자 가 보지 않으면 알지 못할 유혹과 난관을 맞닥뜨릴 수밖에 없다는 것을 모르지 않았다. 재양이는 나처럼 가끔 길을 잃었고 때때로 길이 아닌 길에 들어서기도 했다. 때로는 위태로워 보이고, 조바심도 들었다. 그러나 무사히 고등학교를 졸업하고 회계 사무소에 취업했다.

재양이가 직장 생활에 익숙해질 무렵 청년 모임에서 자신이나 가족을 상징하는 나무를 그려 보는 시간을 가졌다. 재양이 그림 속 나무는 해가 쨍쨍

내리쬐는 사막 한가운데 서 있는 바짝 마른 선인장 한 그루였다. 사막에서 살아남기 위해 가시를 두른 채 성마르게 변해 가는 재양이가 안타까웠다.

재양이가 스스로 그 사막으로부터 걸어 나와 본래의 제 모습을 찾는 데는 5년이 걸렸다. 5년간 직장 생활을 하며 모은 돈을 가족에게 다 털어 주고서야 재양이는 비로소 공부방 이모가 되었다. 그리고 오랫동안 미루었던 사회복지 공부를 시작했다. 재양이는 대학을 졸업하고 1급 사회복지사로 공부방에 남았다.

공부방 상근 활동가인 재양이는 온종일 종종거린다. 덕분에 공부방의 모든 자료와 행정 서류, 사물이 제자리를 찾는다. 재양이가 꼼꼼하게 일정을 관리하는 덕분에 공부방의 일상이 어긋나지 않고 돌아간다. 빈틈없는 완벽주의 성향 덕분에 공부방 회계가 공정하게 관리되고, 재양이 잔소리에 이제 나이 들어 게을러진 선배들이 움직인다.

재양이와 함께 있다 보면 우리가 어쩌다 만나 이렇게 긴 시간을 함께하는지 신기할 때가 있다. 우리의 만남은 운명 같고, 신의 섭리 같기도 하다. 큰이모로, 재양 이모로 함께 일한 지 벌써 20년이 훨씬 넘었고, 처음 만날 날로부터 37년이 지났다. 내 기억 속 열 살 재양이는 어제 만난 것처럼 또렷한데, 이제 재양이 머리에도 희끗희끗 흰머리가 생겼다. 재양이는 공동체 식구 중 가장 오래 함께한 동료이다. 또 서로의 등만 봐도 얼굴 표정을 상상할 수 있는 친구다. 나처럼 이렇게 오랫동안 같은 꿈을 꾸고, 같은 삶을 살고, 함께 먹고, 함께 일하고, 함께 늙어 가는 친구를 가진 사람이 얼마나 있을까. 어렸을 때는 동갑내기 친구들과 맺는 관계만 우정이라고 생각했다. 그러나 길게 살고 보니, 친구는 나이 따위에 구속되지 않는다.

재양이는 37년 전 처음 만났을 때처럼 나를 여전

히 큰이모로 부른다. 재양이에게 나는 이모이고, 선배일 때도 있겠지만, 내게 재양이는 동지이고 도반이다. 손가락을 걸고 "우리 끝까지 함께하자."며 약속한 적은 한번도 없지만, 아마도 앞으로도 쭉 같이 갈 거다. 세상에는 이런 우정도 있다.

정희에게
단박에
마음을 빼앗겼다

"원래 여기는 우리가 놀던 덴데 왜 마음대로 놀지도 못하게 하는 건데요?"

정희가 쏘아붙였다. 두 동생이 공부방에 와 있으면 정희는 군이 공부방 앞에서 고무줄놀이를 하거나 친구들과 큰 소리로 떠들며 놀았다. 참고 참다가 나가서 좀 조용히 해 달라고 하면 정희는 퉁명스러운 말투로 이렇게 되묻던 아이였다. 동생들과 달리 정희는 공부방을 아주아주 싫어했다.

거친 말투보다 쏘아보는 눈빛에 움츠러들었다가 어떻게든 너를 공부방에 다니게 하겠다는 오기가 생겼다. 정희는 공부방에 순순히 다니는 걸 자존심 구기는 일이라고 생각하는지 한참을 더 뻗대다가 공부방에 나오기 시작했다.

정희는 예상대로 호락호락한 아이는 아니었다. 정희와 뭔가를 시작하려면 줄다리기부터 해야만 했다. 황소고집에다 무뚝뚝하고 가타부타 말을 하지 않았다. 정희는 공부방에 올 때마다 마음에 단단한 갑옷을 두르고 왔다. 그러고는 어떤 화살로도 자신이 두른 갑옷을 뚫지 못할 거라고 시위했다.

그렇다고 틈이 보이지 않는 것은 아니었다. 그 작은 틈으로도 정희가 감추는 슬픔과 분노가, 다듬어지지 않았지만 감출 수 없는 재능이 엿보였다. 아무리 갑옷을 단단히 여며도 정희의 매력은 감춰지지 않았다. 나는 누구보다 정희가 자기 안의 그 가능성과 여리고 따뜻한 마음을 마주하길 바랐다. 그러나 정희의 고집은 쉽게 꺾이지 않았다. 내가 할 수 있는 일은 정희가 갑옷을 벗어도 아무도 공격하지 않을 거라는 믿음을 주는 것밖에 없었다.

중학생이 되면서 정희의 공격성이 더 상승했다.

정희는 새로 들어온 이모 삼촌이 반드시 넘어야 할 산이었다. 이모 삼촌은 정희 때문에 한번씩은 눈물을 쏟았다. 정희와 하는 기싸움에서 섣불리 이기려고 했다가는 오히려 공부방 생활이 험난해졌다. 정희는 새로 이모 삼촌이 오면 그들이 자신과 오래 함께할 사람인지 아닌지를 시험했다. 누군가가 떠나고 새로운 사람이 오는 것에 예민한 정희는 그렇게 자신을 방어했다. 이모 삼촌도 차츰 그런 정희를 이해하게 되었고, 정희도 조금씩 갑옷의 단추를 풀었다.

정희가 가장 먼저 눈을 반짝인 것은 미술이었다. 공부방 미술 담당인 동훈이 삼촌 역시 가난한 형편 때문에 미술을 전공하지 않았는데 그 점 때문에 오히려 정희가 편하게 미술에 마음을 열었다. 동훈이 삼촌은 공부방 아이들과 함께하기 위해 붓 그림을 배우고, 수채화와 판화, 목공과 고가구, 사진, 일러스트를 배웠다. 무엇을 하든 동훈이 삼촌을 가르친

스승들이 제자로 탐을 낼 정도로 재능이 있었다. 그렇게 삼촌의 미술 세계가 넓어질수록 정희의 세계도 넓어졌다. 정희는 미술뿐 아니라 기타, 노래, 타악기, 무엇을 배우든 빠르게 익혔다.

어느 날 공부방 이모 삼촌 들이 공부방에서 하는 인형 놀이를 정기 공연에서 인형극으로 올려 보자고 제안했다. 초등학교 5학년 때부터 오스트리아에 가서 마리오네트 인형극을 배우겠다는 꿈을 꾸었던 나 역시 아이들과 인형극을 해 보고 싶었던 터였다. 정희는 인형극을 시작하고부터 날개를 달았다. 동훈이 삼촌과 자정이 넘도록 인형을 만들고 무대를 만들었다. 학교가 끝나면 곧장 공부방에 와서 붓을 들거나 바늘에 실을 꿰었다.

나는 정희의 날갯짓을 보며 가슴이 뛰었다. 정희가 더 멀리 더 높이 날아오르게 하고 싶었지만, 그때 나는 가난했고, 정희의 비상을 도울 능력이 부족했다. 정희는 혼자 날기 위해 무리하게 시도하다가

좌절하고, 다시 갑옷을 꺼내 두르기도 했다.

공부방 글쓰기 시간은 아이들이 자신의 상처를 드러내고 서로 위로하는 시간이었다. 평소에 자기 마음에 철옹성을 쌓아 놓고 있다가도 똥 싸기 글쓰기를 하며 친구들이 마음을 열면 자기도 모르게 눈물을 흘리고 속이야기를 꺼내기 마련이었다.

그러나 정희는 언제나 암호 같은 글 서너 줄을 써 놓고는 그 까만 얼굴이 검붉어질 때까지 눈만 끔벅일 뿐 울음을 참았다. 정희의 단짝 친구인 수경이는 그 모습을 보며 왜 너만 아무 말 하지 않느냐고 다그치기보다 같이 큰 눈을 끔벅이며 슬픔을 견뎠다. 각자의 상처로 아파하던 두 아이는 서로의 곁을 묵묵히 지켰다. 그 모습을 보며 나도 서두르지 않기로 했다. 정희와 수경이는 가끔 자정이 넘을 때까지 공부방에 죽치고 앉아 엉덩이를 떼지 않았다. 그때 정희와 수경이에게 공부방은 폭력이 없고, 외롭지 않고, 춥지 않은 유일한 곳이었다. 그걸 알면서도 자

정이 넘으면 아이들을 집에 돌려보내야 하는 것이
미안했다.

관계는 하루아침에 만들어지지 않는다. 하긴 세
상 사는 일 자체가 다 그렇다. 그냥 저절로 되는 일
은 없다. 지금의 '나'는 엄마 배 속에서 태어났을 때
의 순전한 내가 아니라, 관계를 통해 다듬어지고,
바로잡아지고, 깊어지고, 풍성해진 '나'이다. 내 안
에는 그동안 내가 만난 사람들의 여러 모습이 스며
있다. 친구란 그렇게 한 사람 한 사람을 풍성하게
해 주는 존재다. 정희를 비롯한 공부방 아이들이 내
게 그런 존재다.

가시가 돋친 갑옷을 온몸에 두르고 있던 정희에
게서 '친구'를 원하는 간절한 눈빛을 보았다. 그러
나 정희는 그런 자신의 욕구를 말로 표현하지 않았
다. 정희는 자신의 감정을 솔직하게 드러내는 것을
두려워했다. 정희의 그 두려움을 없애 주기 위해 나

는 정희를 향한 나의 짝사랑을 숨기지 않고 드러냈다. 때때로 다른 아이들이 샘을 내는 것을 알면서도 정희를 향한 관심과 기대를 노골적으로 표현했다. 그래도 정희는 반응하지 않았다. 나는 그저 정희가 툭툭 내뱉는 말 속에 숨은 뜻을 찾아내기 위해 노력했고, 목석같은 정희 표정에서 긍정적인 감정을 읽어 내려 애썼다. 정희도 그걸 아는 것 같았지만 꿈쩍하지 않았다.

오히려 중학교 때는 또래들을 모아 놓고 자신들을 억압하는 공부방을 나가자고 선동했다. 그런데 그 모임을 하필 공부방 1층에서 하는 바람에 내가 엿듣고 말았다. 그 역적모의가 기가 막히면서도 화는 나지 않았다. 그 역적모의의 진짜 목적은 공부방을 나가기 위한 것이 아니라, 공부방 이모 삼촌 들을 이기고 겁주기 위한 것임을 알았기 때문이다.

그 사건 이후에도 정희는 여전히 당당했고, 이모 삼촌 들이 자신을 위해 만든 이런저런 계획들을 단

번에 받아들이는 법이 없었다. 그게 새로운 악기를 배우는 것이든, 미술을 더 깊이 공부하는 것이든, 고등학교 입시를 대비하는 것이든 상관없이 일단은 부정했다. 우리의 제안을 쉽게 받아들이면 자기를 얕잡아 보기라도 할까 두려워하는 것 같았다. 가끔은 정희를 윽박지르고 협박해서라도 그 실랑이를 끝내고 싶은 유혹을 받았다. 다른 아이들을 위해서라면 그편이 나았다. 그러나 그랬다가는 정희와 관계는 끝날 게 뻔했다.

기다리다 지치면, 눈물을 흘리며 감정에 호소했다. 필요할 때는 무릎 꿇고 읍소했다. 정희와 친구가 되려면 내가 이기겠다는 마음을 접어야 했고, 기다리는 법을 배워야 했다. 모든 관계를 이기고 지는 것으로 여기던 정희에게 진짜 힘은 '사랑'이라는 것을 알려 주고 싶었다.

정희는 재양이가 그랬듯 여상에 진학했다. 정희

의 빠른 체념, 냉소는 또다시 열여섯 살의 나를 소환했다. 나처럼 예술에 꿈을 갖고 있었기에 그 접힌 날개가 더 아프고 애틋했다. 정희에게 미술이든, 음악이든, 타악이든, 연극이든, 어떤 예술이든 꼭 직업으로 삼아야만 행복한 게 아니라고 말했지만, 그 말이 공허하게 들린다는 걸 모르지 않았다. 내가 할 수 있는 것은 좋은 연극이나 공연이 있을 때 함께 가는 것이 전부였다.

당장 정희는 청소 일을 하며 할아버지를 간병하는 할머니를 도와야 했다. 수학여행조차 갈 수 없는 형편에 예술은 사치였다. 스무 살이 된 정희는 가족을 부양할 책임을 떠맡았다. 그래도 정희는 씩씩했다. 퇴근하면 드럼과 비트박스를 배우고, 혼자 만화를 그리며 두 동생을 뒷바라지했다. 그리고 5년 뒤, 두 동생이 학교를 마치고 취업하고 나서야 비로소 공부방 상근 활동가가 되었다.

정희의 눈빛과 말투에서, 사랑이 드러나기 시작

한 것이 언제인지는 모른다. 언제부턴가 아이들을 바라보는 정희의 눈빛이 사랑으로 넘쳤다. 아이들은 그런 정희 이모의 눈빛에 따라 움직이고 웃고 즐거워했다. 그 모습을 보며 오랜 긴장이 풀렸다.

공부방 아이들에게 정희 이모는 못하는 게 없는 만능 엔터테이너였다. 장구와 비트박스, 노래를 가르치고, 인형극을 이끌었다. 또 멋진 드러머였다. 골목대장으로 활개 치던 초등학교 시절처럼 정희는 공부방 아이들과 마음껏 날아올랐다. 현실은 종종 정희의 발목을 잡고 다시 바닥으로 끌어 내렸지만, 그럴 때면 담담히 그 시간을 견디면서 다시 비상을 준비했다. 그러는 사이 공부방 자원 교사로 왔던 형섭 삼촌과 연애를 시작했다. 정희는 결혼하고 강화에서 신혼살림을 시작하면서 공동체 삶을 선택했다.

정희는 두 아들을 낳아 키우는 동안에 도자기 공예를 배우고 강사 자격증을 땄고, 만화가로 데뷔했다. 그리고 공부방 후배와 만석동 옆 화수동에 '창작예술공간 도르리'를 내고, 자신이 태어나 자란 만석동과 같은 역사를 지닌 화수동의 역사와 사람들의 이야기를 모아 그림으로, 설치미술로, 영상으로 기록하는 일을 5년째 하고 있다.

어떤 것도 허투루 하지 않는 정희지만, 정희가 가장 빛날 때는 아이들과 인형극을 하고, 예술을 매개로 평화 교육을 하고, 장구를 치며 놀 때다. 그때마다 아이들도 정희 이모와 한 몸이 되어 날아오르고 빛난다. 그때마다 나는 정희를 처음 만난 그 순간의 설렘과 기대를 떠올린다. 정희는 욕심 나는 아이였고, 함께 꿈꾸고 싶은 청소년이었고, 손을 놓고 싶지 않은 멋진 청년이었다. 그리고 지금은 언제까지나 함께 걷고 싶은 친구다. 공동체에 위기가 왔을 때 모두 첫 시작을 잊고 흔들렸지만, 정희와 재양이는 흔들리지 않았다. 그리고 나는 정희와 재양이가 곁에 있어서 흔들리지 않았다.

공부방 이모가 된 정희는 자기보다 더 강력한 고집불통 후배와 함께해야 했다. 정희는 그 아이들을 포기하는 법이 없었다. 가시 돋친 어린 친구들을 자신의 품에 안고 아픔을 견뎠다. 정희는 내가 자기를 기다렸던 시간보다 더 긴 시간을 그 아이들을 위해 기다렸다. 그렇게 정희가 기다려 주었던 친구가 성장해 이제는 자신을 닮은 상처투성이 후배를 또 기다린다.

어쩌면 34년 전에도 정희가 먼저 내 마음의 문을 두드렸는지 모르겠다. 고백하자면 그때 공부방 앞에서 고무줄놀이를 하던 단발머리 정희에게 나는 단박에 마음을 빼앗겼다.

상아와
율이는
서로를 지켰다

나는 상아가 엄마 등에 업혀 있을 때 처음 만났다. 그 무렵 만난 공부방 엄마들은 나와 나이가 엇비슷해 금세 동네 친구가 되었다. 상아 엄마도, 율이 엄마도 그중 하나였다. 율이 엄마는 만석동 골목에서 미용실을 했다. 율이 엄마는 율이를 업고 동네 할머니들 머리를 말고 잘랐다. 엄마 등에 업힌 상아와 율이를 골목에서 만날 때마다 농담처럼 말했다.

"어서 자라서 우리 공부방에 다녀야지."

상아와 율이는 초등학교에 입학하기도 전에 공부방 신입생이 되었다. 언니 오빠 들은 야무진 상아와 괄괄한 율이의 등장을 열렬히 환영했다. 공부방 식구가 된 첫날 율이가 넘어져 팔이 부러졌다. 여덟 살 율이는 정형외과에 가서 부러진 뼈를 맞출 때도 울지 않았다. 그 대신 곁에 있는 상아의 큰 눈에서 눈물이 방울방울 떨어져 내렸다.

상아와 율이는 초등학교 입학식도 둘이 가고, 중학교 입학식도, 고등학교 입학식도 둘이 갔다. 상아와 율이가 어린이에서 청소년, 청소년에서 청년이 되는 동안 가난한 부모들은 온갖 부침을 겪고 쓰러졌다 일어나기를 되풀이했다. 다행히 두 아이는 땅에 발을 단단히 디디고 서서 웬만한 바람에는 흔들리지도 않고 무럭무럭 자랐다.

나는 상아와 율이네서 일어나는 일을 알아도 모르는 척, 몰라도 아는 척하며 넘어갔다. 다른 아이들이었다면 따로 불러 이야기를 듣고 상처를 쓰다듬어 주었겠지만, 상아와 율이에게는 따로 묻지 않았다. 품이 넓고 따뜻한 율이, 진취적이고 책임감 강한 상아는 둘만으로도 서로를 지키며 잘 자랐다.

상아와 율이는 공부도 알아서 잘했다. 이모 삼촌 들 역시 그런 상아와 율이를 위해 정성을 쏟았다.

고등학교를 졸업하고 상아는 사회학과에, 율이는 특수교육학과에 진학했다. 둘은 대학에 가자마자 각자 학생회 활동, 동아리 활동, 봉사 활동을 하며 바쁘게 살았다. 경기도에 있는 대학에 진학한 율이는 기숙사 생활을 해서 방학 때나 볼 수 있었지만, 서울에 있는 대학에 진학한 상아는 공부방 이모가 돼서 공부방에 왔다. 상아는 자기가 듣는 사회학 수업이나, 내가 책으로만 만나 봤던 교수님들 이야기를 전해 주었다. 덕분에 마치 내가 상아가 다니는 대학에 다니는 것 같은 착각이 들었다. 학생회 활동에서 뼈아픈 경험을 하며 실망하고, 그러면서도 학생의 권리를 챙기며 책임을 다하려고 애썼다. 상아는 지친 목소리로 이런 말을 자주 했다.

"이모, 애들이 인류애가 없어. 인류애가."

상아는 대학 4년 동안 늘 입으로 세상을 바꾸는

사람들, 말은 그럴싸한데 책임감이 없는 사람들 사이에서 실망하고, 때로는 체념하고, 때로는 악다구니를 부리며 맞섰다.

"이모, 대학에도 적응하지 못하는 애들이 많아요. 우리가 공부방에서 배운 게 뭐야? 그런 친구들 곁에 다가가고, 이야기 들어주는 거잖아요. 그러다 보니 내 주위에는 늘 그런 친구들이 꼬여."

그러면서 은근히 공부방을 원망하기도 했다. 학생회 활동을 하며 몸과 마음이 너덜너덜해진 상아였지만, 대학을 졸업하고 NGO 단체 상근 활동가가 되었다. 나는 평화운동을 선택한 상아를 존중했다. 나도 상아가 일하는 단체와 함께할 일이 있어 종종 상아네 사무실에 갔다. 그곳에서 당당하고 당돌한 상아를 만나면 뭔가 자랑스럽고 우쭐했다. 상아는 공부방 후배들에게도 좋은 본보기였다.

그런데 몇 년 뒤 그 단체의 저명한 단체장과 노조가 대립했고, 상아는 노조원으로 같이 맞섰다. 그리고 끝내 동료들과 함께 단체를 나왔다. 상아는 세상이 어떻게 변하든 노동자의 인권이 훼손되면 안 된다고 생각했다. 땅에 발을 딛고 살아야 하는 사람들의 입장에 서서 세상을 보고, 그들의 목소리가 되지 않으면 운동은 희망이 될 수 없다고 믿었다. 나도 같은 생각이었다. 깃발을 들고, 확성기를 입에 대고 떠드는 이들의 발이 땅을 디디고 있지 않으면 그 운동은 휘발되고 만다. 이름 있는 자들은 곁에 있는 이들의 고통에 무심했고, 깃발을 서로 쟁취하려고 아귀다툼을 벌였다. 무엇보다 그들은 '사람'에 미숙했다. '사람'을 살필 줄 모르고, 섬길 줄도 몰랐다. NGO 활동에 회의를 품게 된 상아는 스타트업 회사에서 일하다가 다시 대안 교육 기관의 활동가가 되었다.

상아는 대안 교육 기관에 있으면서 공부방과 협업을 하고, 공부방의 가난한 청년 예술가의 밥벌이를 중개하기도 했다. 청소년을 만나는 일이라는 공통점 때문에 상아와 나, 혹은 정희와 상아의 후배가 일하는 도르리와 함께할 일들도 계속 생겼다. 엄마 등에 업혔던 갓난아이가 어느새 까마득한 선배인 정희와 함께 청소년들을 만나는 모습을 보면 든든 했다.

율이는 대학을 졸업하고 임용 준비를 하며 한 사립 특수학교에서 기간제 교사를 하다가 그 학교에 임용이 되었다. 나라도 율이를 다른 학교로 빼앗기고 싶지 않았을 것이다. 1년 전, 율이가 자신이 근무하는 도시에 15평짜리 낡은 아파트를 샀다고 했다. 축하한다는 말에 율이는 대출로 산 집이라며 멋쩍게 웃었다.

"근데 이모, 내가 그 아파트를 산다니까 공인중개사에, 우리 학교 선생님들까지 다 반대하는 거야. 투자 가치가 없다고. 그래서 나는 내 교사 월급으로 15년에 걸쳐 갚을 수 있을 만큼의 대출로 살 집을 고른 거다, 나는 평생 15평 이상의 아파트를 원하지 않을 거다, 나는 청소하는 거 싫고, 인테리어에도 관심 없다, 내게 집은 그냥 집이다, 학교까지 한 번에 갈 수 있는 버스 노선이 있고, 전철역 가깝고, 바로 집 앞에 재래시장 있고, 구도심이 있어 문화 활동도 할 수 있고, 이만한 주거 환경이 없다고 했지. 그런데 다들 나중에 후회할 거래요. 그래서 왜 내가 나중에 후회할 것까지 걱정하시느냐고 그랬지."

율이 말 하나하나에 밑줄을 긋고 싶었다. 15평 구축 아파트에 뭐 그리 감동하느냐고 생각할 수 있겠지만, 내가 감동한 것은 기꺼이 15평 아파트를 선택할 수 있는 율이의 당당함과 삶을 대하는 태도 때문이었다. 도대체 언제 이렇게 멋진 어른이 되었는지 감탄하지 않을 수 없었다. 내가 감동한 걸 눈치챈 율이와 상아가 장난스럽게 어깃장을 놓았다.

"이모 탓이야. 공부방에서 돈 버는 걸 가르쳐 줬어야지. 이건 뭐 주식을 알길 해, 부동산을 알길 해.

우리가 부자가 못 되는 건 이모 탓이야. 책임감을 느껴야 해요, 이모는."

책임감을 느끼지 않는 것은 아니지만, 그렇다고 미안한 건 아니다. 나는 상아와 율이가 끝내 부자가 되지 않아도 상관없다는 걸 안다. 부자가 되고 싶었다면 굳이 발달장애아를 만나는 일을, 공교육에서 이탈한 청소년들을 만나는 일을 선택했을 리 없다. 상아와 율이가 자신이 선택한 길을 다른 친구와 함께 가는 모습은 참 믿음직스럽다. 가끔 상아, 율이를 만나 이야기를 듣다 보면, 안개에 가려 보이지 않던 길이 보인다. 그 길은 우리가 함께 걸어갈 길이다.

두 아이가 내게 반백 살이 됐다고 놀리던 무렵부터 우리는 이미 도반이 되었다. 나는 상아와 율이가 만만하게 놀리고 장난칠 수 있는 공부방 큰이모이며, 둘이 길을 가다가 혹시라도 길을 잃을 때 만만하게 불러낼 친구이기도 하다. 상아와 율이는 골목에서 친구로 만나 성인이 될 때까지 모든 순간을 함께해 와서 서로에 대해 잘 알고, 부족한 점을 메울 수 있는 사이다. 함께한 시간이 긴 만큼 멀리 떨어져 있어도 관계가 쉽게 변하지 않는다.

어려서부터 한 동네에서 성장한 아이들은 서로 얽히고설킨 인연으로 묶여 있다. 흔히 그런 관계를 '가족 같은 친구'라고 말한다. 그러나 나는 굳이 '가족'으로 묶고 싶지 않다. 이 아이들에게 그동안 가족은 기댈 수 있는 언덕이라기보다 의무와 책임이었다. 그래서 상아와 율이는 그저 온전히 친구로만 남으면 좋겠다. 어떤 조건도 없이, 어떤 책임도 없이, 어떤 의무도 없이 그저 곁을 내주는 관계.

나 역시 그들 곁에 오로지 친구로 남고 싶다.

선우는
그냥
계속 만난다

어느 날, 천안에서 대학에 다니던 수찬이한테 연락이 왔다.

"이모, 저 아파요."

어려서부터 어리광이 많던 아이라 대수롭지 않게 물었다.

"어디가?"

"몰라요. 감기인 줄 알았는데 여기서 겁을 줘요. 위험하대요."

뭔가 심상치 않은 느낌이 왔다.

"병원이야?"

"네."

"너 혼자 있어?"

"아니요. 누나가 왔어요."

전화를 바꾼 수진이가 어떻게 된 일인지 이야기 했다.

"수찬이가 얼굴이랑 온몸이 풍선처럼 부풀었어요. 급성 C형 간염 같다는데 더 검사를 해 봐야 한 대요."

"원에는 연락했어?"

"네, 마침 퇴직하고 가까이 계신 선생님이 오시기로 했고, 원장님도 내일 오신다고 했어요."

다음 날, 수찬이가 대학병원 중환자실에 있다는 전화를 받았다. 간부전과 신부전에 쇼크까지 왔다고 했다. 아침 일찍 천안으로 갔다. 수진이는 수찬이 신장이 평생 투석을 받아야 할 만큼 망가졌다고 했다. 그래도 수진이는 씩씩했다. 혼자 수찬이가 사는 동네 주민센터에 가서 의료비 지원을 신청하고 수찬이 학교에도 연락해 놓은 상태였다. 이것저것 걱정하는 내게 수진이가 말했다.

"이모, 걱정하지 마세요. 저도 어제까지는 좀 무서웠는데, 수찬이 소식 듣자마자 서울에서 승민이가 오고, 전주에서 선호가 왔어요. 선호는 자기 콩팥을 주겠다고 하고, 승민이는 글쎄 통장을 들고 왔어요. 일해서 돈을 꽤 모았더라고요. 그리고 천안에는 같은 원을 나온 애들이 많잖아요. 어려운 일이 있으면 서로 잘 도와요."

수찬이네 삼 남매를 만난 건 강화에 귀농한 지 2년쯤 되었을 때였다. 아픈 할머니와 지내는 어린 삼 남매를 돌봐 줄 사람이 필요하다는 성공회 신부님 말을 듣고 방과 후에 삼 남매를 돌보기 시작했다. 그러나 일상적인 돌봄이 안 되는 아이들을 그렇게 오래 둘 수는 없는 노릇이었다. 어렵게 삼 남매 아버지에게 연락해 우리가 삼 남매를 돌보겠다고 했다. 그러나 얼마 뒤, 삼 남매의 아버지는 아이들을 갑자기 보육원에 보냈다. 삼 남매가 간 보육원을 수소문한 끝에 뜻밖에도 우리 집과 가까운 곳에 있다는 것을 알게 되었고, 후원자로 계속 관계를 이어갈 수 있었다. 그리고 삼 남매가 중학생이 되고부터 다행히 공부방에 다시 다닐 수 있었다.

막내 수찬이가 천안에 있는 대학에 가겠다고 했을 때 걱정이 많았다. 될 수 있으면 우리 가까이에 있으면 했다. 그러나 수찬이는 보육원 형, 누나 들이 많은 천안의 대학을 선택했다. 보육시설이나 위탁기관에 있다가 자립하는 친구들에게는 어려운 일이 있을 때 도와줄 사람이 필요하다. 어른이나 연장자가 가장 좋지만, 사정이 여의치 않을 때는 친구들이라도 곁에 있어야 한다. 자립 준비 청소년들이 사회에 나가 가장 먼저 느끼는 어려움은 곤란한 상황에 처했을 때 도움을 청할 곳이 없다는 것이다. 그래서 수찬이가 우리와 가까운 곳에 있는 대학에 가길 바랐던 것이다.

우려와 달리 수찬이는 대학에 잘 적응했다. 수찬

이가 대학에 입학할 무렵 '18세 어른'에 대한 언론의 보도가 이어지면서 자립 준비 청년 대상의 지원이 늘었다. 고작 50만 원 안팎이던 기초생활수급비가 오르고, 한시적이나마 40만 원 가까운 생활 지원금도 따로 나왔다. 무엇보다 한 보육원에서 자란 아이들이 천안에 여럿 있는 덕에 서로 장학금이나 지원금에 대한 정보를 주고받을 수 있었다.

"천안에서는 1년에 한두 번, 학원비 지원 바우처를 받을 수 있어요. 저 그걸로 요리 학원도 다니고, 심리상담 교육도 온라인으로 받았어요. 코로나19 이후부터 주민센터에 가서 신청하면 이틀에 한 번씩 밀 키트를 지원받을 수 있어요. 그런 정보를 개인에게 친절하게 제공해 주는 건 아니에요. 그런 혜택이 있다는 걸 알아야 받을 수 있는 게 많아요. 나는 형들이랑 친구들이 가까이 있으니까 그런 정보들을 많이 알아요. 선우 형이 자립 준비 청년 서포터스 하면서 알게 된 정보도 많이 공유해 주고요.

저희 같은 애 중 절반은 그런 정보를 몰라서 혜택을 못 받아요. 정보를 안다고 해도 다 받는 건 아니에요. 이모도 알잖아요. 사회성 없는 친구들. 옆에서 자꾸 얘기해 주고 알려 줘야 겨우 받아먹어요. 아마 경민이도 나 아니면 그냥 방에 처박혀서 배달 음식만 먹으면서 수급비 다 쓰고 방에는 쓰레기만 가득했을걸요? 밀 키트도 집에서 요리해 먹어야 하니까 귀찮아서 안 받는 거예요. 안 되겠더라고요. 그래서 내가 경민이한테 잔소리해서 밀 키트 신청하게 하고, 그거 가지고 우리 집에서 요리해 먹잖아요. 밀 키트가 1인분이라고 해도 혼자 먹기에는 양이 많으니까, 둘이 먹으면 음식 쓰레기도 나오지 않고 좋잖아요."

경민이는 수찬이가 지낸 보육원에서 만난 동생이었다. 어렸을 때부터 한방에서 형제로 친구로 지낸 덕에 경민이는 대학도 수찬이가 다니는 대학의 같은 과에 진학했다. 말로는 귀찮다고 투덜거리지만,

수찬이 역시 경민이 덕에 덜 외로웠다. 가족이나 뒷배가 없는 청년들한테 친구는 그냥 흉허물 없는 사이 이상이다. 친구들과 관계가 이어진다는 것은 생명 줄이 끊어지지 않았다는 것이다.

국가나 지방자치단체에서 자립 준비 청년에 대한 지원을 주먹구구식으로 만들어 놓고는 당사자들이 이용하지 않는다고 몇 년 뒤에는 예산을 삭감해 버리는 경우도 많다. 청년들에게 필요한 것이 무엇인지 알아보지도 않은 채, 연말에 불우이웃돕기 하듯 선심을 베풀어도 그런 지원이 있는지도 모르고 지나는 경우가 많다. 처음 사회에 나와 아무 연고도 없이 살아가야 하는 청년들에게는 쌀 10킬로그램보다 한 끼 밥을 같이 해 먹을 '사람'이 필요하다. 수찬이는 다행히도 그렇게 밥을 같이 먹을 친구를 스스로 만들어 가고 있었다. 물론 수찬이에게도 자신을 혼자 두지 않았던 형들이 있었다.

수찬이는 다행히 빨리 의식을 되찾았고, 눈에 띄게 상태가 좋아졌다. 평생 투석을 받아야 할지도 모른다고 했으나 2주 만에 투석기도 뗐다. 부기가 빠지고 움직이는 게 가능해지자 수찬이는 까불거리는 본래 모습을 되찾았다. 그런데 휴학을 하지 않겠다고 고집을 피웠다.

 "기말고사만 보면 되는데, 아깝잖아요. 이모, 이번 학기 마쳐야 2학기 때 실습 나갈 수 있어요."

 "천천히 몸부터 추슬러. 그동안 너 아르바이트를 몇 개씩 했다며? 술도 많이 마시고. 몸을 왜 혹사해."

 수찬이는 기초생활수급비를 받으면서도 아르바이트를 계속해 왔다. 미래에 대한 불안 때문에 억척을 부린다는 것을 모르지 않았지만, 결국 탈이 나고 만 것이었다. 수찬이를 치료한 담당 의사는 수찬이가 C형 간염 예방주사를 맞지 않았다는 것에 놀랐다. 수찬이처럼 가정에서 제대로 돌봄을 받지 못한 아이들이 보육시설에 갈 경우, 필요한 예방접종을 빠트린 경우가 종종 있다는 걸 의사는 이해하지 못했다.

걱정스럽게 바라보는 내게 수찬이가 말했다.

"이모, 그런 눈으로 보지 마요. 진짜 잘할 수 있어요."

"알아, 너 잘 살았고, 앞으로도 잘 살 거야. 너 아프다는 소리 듣고 친구들이 달려오는 걸 보면 잘 살았어. 넌 누구보다 가진 게 많은 사람이야. 그렇지만 무엇보다 네가 건강해야 친구들과도 계속 지금처럼 보는 거야."

"아, 이모, 알아요, 알아."

수찬이는 퇴원한 뒤, 나날이 몸이 좋아졌다. 그리고 여름방학 때 서울에 있는 한 종합사회복지관에서 실습하게 되었다고 연락했다.

"잘됐네, 원하던 복지관에 가다니 실력 좋은데?"

수찬이가 멋쩍어했다.

"선우 형 덕분에 합격했어요."

"선우 덕분에?"

"선우 형한테 자기소개서 좀 봐 달라고 했거든요. 그랬더니 엉망이라고 아예 다시 써서 보냈어요. 그거 조금 수정해서 보냈는데, 면접관이 제 자기소개서가 아주 좋았다는 거예요. 선우 형 좀 얄미운 데가 있긴 하지만 그래도 도움이 돼요."

"선우가 왜 얄미워?"

"나 입원했을 때 안 왔잖아요. 입원해 있을 때 안 온 사람 이름 다 적어 놨어요."

"선우는 그때 취업한 지 얼마 안 됐을 때잖아. 나랑 같이 가려고 했는데 조퇴가 안 됐어."

"그래도 그렇죠. 전주에 있는 선호 형은 한달음에 왔는데."

수찬이, 선우, 승민이, 선호는 중학교 때부터 공부방에 다니며 늘 티격태격하던 사이다. 사소한 일에도 경쟁했지만, 그만큼 서로 의지했다. 공부나 진로

문제로도 대화를 자주 했다. 수찬이는 복지관 근처에 있는 승민이네서 함께 살면서 사회복지학과 실습을 마쳤다. 승민이는 친구를 위해 선뜻 집을 내주었고, 밥까지 챙겼다.

수진이는 종종 이런 말을 했다.

"이모, 우리같이 부모 없고, 지원해 줄 어른이 없는 애들은 모여 살아야 해요. 수찬이처럼 아프든, 무슨 일이 생기든 누구든 곧장 뛰어올 수 있게 가까이 살아야 해요. 그래서 내가 선호, 승민이한테 나중에 결혼하더라도 같은 아파트에 살자고 해요."

수찬이와 수진이는 자주 보지 못하는 친구들과도 네트워크를 가지고 있다. 그래서 내게도 가끔 보육원에서 함께 지냈던 친구들 소식을 전해 준다. 잘사는 친구가 있는가 하면, 그럭저럭 살아가는 친구가 있고, 위태롭게 사는 친구도 있다.

얼마 전 대학 졸업 후 첫 직장이었던 복지시설을

퇴사한 선우가 강화에 왔다. 선우는 대학에 다니는 동안 한 기업에서 주는 장학금을 받기 위해 휴학 한 번 하지 못했다. 졸업하고도 바로 취업을 한 터라 이번에는 몇 달 쉬면서 어릴 적 꿈인 애견 훈련사 과정을 이수하겠다고 했다. 그러면서 고민을 이야기했다.

"제가 만나는 멘티 친구가 있어요. 스무 살인데 너무 무기력하고, 경제관념도 없어서 힘들어요. 대학은 갔는데 거의 수업을 안 들어가는 것 같아요. 가장 큰 문제는 친구가 없어요. 보육원에 있을 때도 관계가 긴밀하지 않았고, 나오고 나서는 관계가 다 끊긴 것 같아요. 벌써 7개월 정도 만났는데 나아지는 게 없어서 뭘 해 줘야 할지 모르겠어요."

쉰다더니 대학생 때부터 해 온 자립 준비 청년 멘토링은 계속하고 있었다.

"선우야, 아무것도 안 해 줘도 돼. 너도 알잖아. 그냥 만나. 계속."

내 말에 선우가 고개를 끄덕였다.

"맞아요. 그래서 계속 만나려고요. 그냥 밥 먹고, 같이 게임도 하고, 운동도 해 보고. 그래도 저 만나러 나올 때 씻고 옷도 챙겨 입고 그러니까요."

선우는 누구보다 잘 알고 있었다. 고립이 사람을 얼마나 무기력하게 하는지, 관계가 사람을 어떻게 구하는지. 그러나 그 곁을 지키는 일 또한 얼마나 어려운 일인지. 그래서 수찬이도, 수진이도, 선우도 계속 아이들을 만나는 것이다. 사람은 사람들 사이에서 함께 살아야 한다. 나는 이 나이에도 친구들 덕분에 잠든 척, 못 본 척, 모르는 척하지 않고 살아갈 힘을 얻는다.

언젠가 수진이가 말했다.

"이모, 서로 연락이 되는 아이들은요, 망가지지 않아요."

그 말이 오랫동안 귀에 남았다.

~

중미에게

안녕, 나 정아야.

오랜만이다. 이렇게 네게 말을 거는 것이.

너는 나를 종이 인형 놀이 때 만났다고 기억하겠지만, 나는 그보다 더 오래전부터 너와 함께였어. 네가 네 살 때 이불을 가지고 나와 개집에 들어가 '쫑이' 옆에 누웠을 때, 동네 언니들을 따라 성당 놀이터에 갔다가 혼자 남아 구름다리에 빠졌을 때도 곁에 있었지.

네가 숨을 놓지 않도록 계속 깨운 게 나였어. 야뇨증 때문에 잠을 자지 못하고 부엌 부뚜막에 앉아 홀쩍거릴 때도, 전학 간 학교에서 친구들한테 괴롭힘을 당

할 때도, 외로움과 미래에 대한 두려움으로 목재 공
장 원목 더미 위에서 혼자 울 때도 사실 내가 곁에 있
었어. 너도 기억날 거야. 너는 혼자 있을 때마다 나를
떠올렸잖아. 그러면 나는 네 곁으로 갔지. 그러니까
네가 혼자라고 생각한 순간에도 너는 혼자가 아니었
던 거야.

나는 공장 한구석, 빛도 없는 방에 누운 너를 떠날
수 없었어. 네 곁에서 네가 보는 걸 같이 보고, 같이 느
끼고, 같이 울고, 같이 상상의 세계로 떠났지. 네가 경
찰특공대가 나오는 드라마에 빠지면 너 대신 경찰용
모터사이클을 타고 고속도로를 달렸고, 네가 우드스
탁 페스티벌을 선망할 때면, 1969년 뉴욕으로 날아가
너 대신 그 진흙탕 속에서 헤드뱅잉을 했어. 네가 《호
밀밭의 파수꾼》을 읽고, 콜필드에 감정을 이입하면 나
는 콜필드가 되어 학교를 뛰쳐나와 방황했지. 나는 언
제든 네가 현실에서 이룰 수 없는 꿈의 세계로, 일탈

의 세계로 갔어. 덕분에 너는 그럭저럭 현실적인 아이로, 바른 생활 청년으로 살아갈 수 있었어.

언젠가부터 나를 찾지 않기 시작했지만, 그래도 나는 항상 가까이 있었어. 나는 가끔 네게 물었어.

"괜찮지?"

너는 대체로 괜찮다고 대답했지만, 가끔은 말없이 고개를 저었지. 나는 네가 내 뒤에 숨지 않아서 때때로 마음이 아팠어. 그래도 괜찮은 걸까? 그래서 네게 말했지.

"너를 힘들게 하는 모든 것들로부터 도망쳐. 내가 너를 데리고 가 줄게."

그러나 너는 더는 내 손을 잡지 않았어. 차츰 깨달았지. 굳이 나와 함께 공상의 세계로, 상상의 세계로 숨지 않아도 될 만큼 네가 단단해졌다는 걸. 나 말고도 네 손을 잡고 곁을 지키는 친구들이 있다는 걸. 그렇다고 섭섭했던 건 아니야. 어차피 나도 다 아는 친구들이니까. 그래도 나는 네 곁에 있었어. 언젠가 또 네가 나를 떠올리면 어디든 달려가려고 말이야. 미련이 꽤 깊었나 봐.

어느 날 정신을 차리고 보니 내가 네 안으로 스며들어 가 있었어. 원래부터 나는 너이고, 너는 나였지만 그래도 너를 떠나 자유롭게 세상을 부유하던 시절이 있었고, 그걸 즐기기도 했잖아? 그래서 처음에는 좀 답답했어. 그런데 네 안에서 네가 보는 걸 보고, 네가 느끼는 기쁨과 행복, 슬픔과 아픔을 그대로 느끼는 것도 나쁘지 않더라고. 원래 하나였으니, 너와 내가 다시 하나가 되는 것이 자연스러웠어.

앞으로도 가끔 네게 물을 거야.

"괜찮지?"

그럼 멈춰 서서 진짜 괜찮은 건지 생각해 보고 대답해 주면 좋겠어. 뭐 네가 굳이 대답하지 않아도 먼저 알아채긴 할 거야. 우리가 다시 하나가 되었지만, 그래도 대화는 멈추지 말자. 꼭!

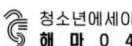 청소년에세이
해마 0 4

친구를
기억하는
방식

2025년 4월 25일 처음 찍음

글 김중미 ǀ **펴낸곳** 도서출판 낮은산 ǀ **펴낸이** 정광호
편집 조진령 ǀ **디자인** 소요 이경란 ǀ **제작** 세걸음

출판 등록 2000년 7월 19일 제10-2015호
주소 10881 경기도 파주시 회동길 216, 202호
전화 02-335-7365(편집), 02-335-7362(영업)
팩스 02-335-7380
홈페이지 www.littlemt.com
이메일 littlemt2001ch@gmail.com
인스타그램 @little_mt2001
제판·인쇄·제본 상지사 P&B

ⓒ 김중미 2025

ISBN 979-11-5525-180-5 43810